Emine Sevği Özdamar

母の舌

エミネ・セヴギ・エヅダマ　細井直子［訳］

白水社
ExLibris

母の舌

MUTTERZUNGE by Emine Sevgi Özdamar

First published in 1990 by Rotbuch-Verlag

Japanese edition published by arrangement through The Sakai Agency

目次

母の舌　7
祖父の舌　17
アラマニアのカラギョズ、ドイツの黒い目　67
ある清掃婦の履歴、ドイツの思い出　147
ゲオルク・ビューヒナー賞受賞記念講演　173
訳者あとがき　187

装　丁
緒方修一

わたしの母ファトマ・ハヌムに

母の舌

わたしの言葉で、舌は「言葉」の意味。

舌は骨ない、どっちへねじっても、そっちへねじれる。

わたしはわたしのねじれた舌といっしょにこの街ベルリンに座ってた。黒人《ニグロ》カフェ、「アラビアン」の客、カウンター椅子高すぎて、足ぶらんぶらんする。古いクロワッサン一つ、くたびれて皿の中座ってる、わたしすぐ心づけ《バクシーシ》わたす、ウェイターが恥かかないように。わたしがいつ母の舌なくしたか、わかったらいいのに。いつかかあさんと、母の舌で話したときのこと。かあさんわたしに言った、「ねえ、あなた話すとき、自分じゃぜんぶ話してる思ってる、でもきゅうに言わない単語ひょいと跳びこえて、また静かで話しつづけるね、あたしあなたといっしょ跳びあがっちゃ、また静かで息つくのね」それから言った、「あなた髪の毛半分、アラマニア置いてきたね」

いま、かあさんが母の舌で言った言葉思い出すのは、かあさんの声思い浮かべるときだけ、その言葉はわたしの耳に、まるでわたしがよく勉強した外国語みたい入ってきた。かあさんに訊いたことある、どうしてイスタンブールこんなに暗いなったのって。かあさん言った、「イスタンブールの灯り、昔からこうね、あなたの目、アラマニア灯りに慣れたのね」それからわたしは、あるトルコ人の母親が母の舌で語った言葉思い出す。それは刑務所で夜眠らない少年の母親だった、なぜなら少年は絞首台連れてかれるの待ってたから。この母親言った、「あたし病院から帰ってきた、十一年前。あたし見た、庭に警官いっぱい、あたしの頭、もとの場所からふっとんだ、それで訊いた、近所の者に。そしたら、あいつらあんたの息子のため来たらしいって。あたし庭入って、最初の警官とこ行った。なんでおまえあたしの庭入ってきたかって、あたし言った。おまえの息子パクられたってそいつ言った。なんであたしの息子パクられるか、だいたいあんた、ソウサクレージョ持ってるのか、訊いてやった、あたし字読めないね。持ってるってそいつ言った。そんなら家入れ、探せって、あたし言った。家の中警官だらけなった、あたし脚に座りこんだ、そのまんま動かなかった、あたし訊いた、あたしの息子何した、そしたらあいつら言った。おまえの息子アナキスト」

この母親はこの十一年で、何回泣いたかわからなかった、二回、膝ついた、一回め、牢屋の息子に初めて会って、息子の顔わからなかったとき。二回め、息子が「絞首刑」という単語を立って聞かなきゃならなかったとき。

「あたしいっぺんも裁判行かなかった、最後の裁判は、裁判官が話すだろうからって。あの子の父親行って、帰ってきた、戸開けて入ってきた、顔見てすぐわかった、近所の者みんなうしろついてきて、あたしらいっしょ泣いた、通りのモスクの先生《ホジャ》が膝で立って、まるで半分だけの人間みたいなって泣いた、それで灰皿、指二本くらいある分厚いやつがあの日、真ん中でふたつに割れた、バリン、って聞こえた、灰皿はあたしの目の前あったんだよ」

絞首刑なった息子の母親が言ったこの言葉も、まるでドイツ語で言われたことみたいしか思い出せない。

文字もまた、よく勉強した外国語の文字みたいに、わたしの目に入ってきた。新聞の切り抜き。「労働者たちはおのれの血を流した」ストライキは禁止、労働者は自分の指切って、血出る、その下に自分のシャツ置いた、血だらけシャツに、乾いたパンくるんで、トルコ軍送りつけた、それもまた、まるで売店にたくさん並んだ新聞に載ってたことみたい思える、人々は通りすがりにそれ見て、写真とって、忘れる。

わたしがどの瞬間に母の舌なくしたか、わかったらいいのに。いつかシュトゥットガルトで、あの刑務所のまわり歩いたときのこと、そこに草地あって、鳥一羽だけ、監房の前飛んでた、青いのトレーニングウエア着た囚人一人、窓の鉄格子つかまってた、その囚人とても柔らかい声してた。わたしと同じ母の舌で、大きな声で、だれかに言った、「兄弟、ヤシャールさんよ、あれ見たかい？」わたしから見えないもう一人が答えた、「ああ、見たよ」

見る。「ギョルメキ」

わたしは草地に立って、ほほえんだ。わたしと彼ら、遠く離れてた。彼らが見るわたしは、風景の中で大きな針みたいだったろう、見たというのがわたしのこと言ったのか、それとも鳥か、わたしはわからなかった、監獄の中からできるのは、見るだけ。つかむ、触れる、捕まえる、摘みとるはない。

「ギョルメキ」見る。

またべつの母の舌の単語思い出す、夢の中で。わたしはイスタンブールの、木の家にいた、そこで友人に会った、共産主義者の友人、この友人笑わない、わたし彼に、口の端で語る人のこと話す、表面的に。共産主義者の友人言った、「皆そうやって語る」わたし言った、「深いこと語るには、どうすればいい？」彼言った、「カザ・ゲチュルメキ、人生の事故経験すること」

「ギョルメキ」と「カザ・ゲチュルメキ」

もう一つ、夢の中で通りかかった母の舌の言葉ある。列車走って、停車する、外でだれか逮捕される、犬吠える、鉄道検札官、三人来る、わたしは考える、「わたしイタリア人です」って言おうか。職業：ウシュチュ《労働者》と書いてあるパスポート隠したい、わたし考える、学生か芸術家の証明できたら入国審査通るのに、そこにコピー機一つある、部屋くらい大きい、そのコピー機が、ウシュチュのわたしの大きい自画像プリントする。

「ギョルメキ」、「カザ・ゲチュルメキ」、そして「ウシュチュ」

あるときわたし、インターシティ急行の食堂車座ってた、別のテーブルに男座って、熱心に本読む、わたし考える、何読んでるだろう。それはメニュー表だった。もしかすると、インターシティ急行の食堂車で母の舌なくしたかもしれない。

ここではじめのころ、わたしはケルン大聖堂見れなかった。列車がケルン着くと、いつも目つぶった、でもあるとき、片方の目開けてみた、その瞬間、それが見えた、大聖堂がわたしのこと見下ろしてた、そのときカミソリの刃がすっとわたしの身体入ってきて、内部《なか》でも走った、そしたら痛み消えて、もう一つの目も開けた。もしかするとあそこで母の舌なくしたかもしれない。

立て、そして行け、もう一つのベルリンへ、ブレヒトは、わたしがここ来た、いちばんの理由の人間だった、もしかするとあそこで、いつ母の舌なくしたか思い出せるかもしれない。二つのベルリンつなぐ回廊に、写真機一つ。

わたしはベルリーナー・アンサンブルの食堂にいる。

わたしのブーツがキュッキュッ、音立てる、まるでコマーシャルのカウボーイ靴みたい。食堂の従業員タバコ吸う、鍋とか皿の話してる、外でビール樽とガスボンベが待ってる、皆、仕事の話してる。

立て。行け、指先立ちでトルコへ、長椅子《ディワン》に座る、わたしの隣に祖母。イスタンブールでトルコ風呂に座る。ジプシー女の従業員たちが、わたしを洗ってくれるだろう。ある娼婦風呂でのこと、わたし洗ってくれたジプシー女が訊いた、「あんたどこの店ではたらいてるの、べっぴんさん？」

わたしは共産主義者の共同体《コミューン》ではたらいてた、ある日に警察来た、女はわたし一人、警部たずねた、「ここのやつら、こいつら皆、おまえの上通り過ぎるのか？」わたし言った、「ええ、皆わたしの上通り過ぎる、でもそっとね」警部言った、「おまえ父親思う心ないのか、わしもおまえと同じくらいの娘いるが。アッラーがおまえら全員呪うといい、神の御心のままに《インシャラー》」

警察署の廊下に、マヒールの弟も連れてこられてた、街のならず者として新聞に出たマヒール。そのころマヒールは警察に弾で殺された。そのマヒールの弟がそこ座ってた、まるで口に何か苦い物入ってるのに、吐き出せないみたいだった、彼はペラペラの薄いワイシャツ一枚、わたしはハイネックの黒いセーター着てた。

「ねえ兄弟、これ着て」マヒールの弟はわたし見た、まるでわたしが外国語話したみたいに。なぜわたし、半分のベルリンに立ってるだろう。この少年探しに？　あれから十七年たつ、彼らが母親の乳房から飲んだお乳は、鼻から抜きとられてしまった。

もう一つのベルリンへ戻ろう。アラビア語を学ぼう、それは昔わたしたちの文字だった、トルコ解放戦争の後、一九二七年、ケマル・アタテュルクがアラビア文字禁止する、そしてラテン文字来た、祖父はアラビア文字しか知らなかった、わたしラテン・アルファベットしか知らなかった、だからもし祖父とわたしが唖《おし》で、文字でしか会話できなかったら、二人何の物語も語り合えないだろう。もしかするとまず祖父に帰れば、かあさんと母の舌への道も見つかるかもしれない。神の御心《インシャラー》のままに。

西ベルリンに、アラビア書道の偉大な師いるという。

その名は、イブニ・アブドゥラー。

祖父の舌

ベルリンのヴィルマースドルフで、イブニ・アブドゥラーは扉開けた、彼の手は薔薇の匂いした。わたしはその香りについてった、小さいモスクの中に入った、彼は二百マルクの部屋持ってる、壁と床と天井は絨毯と絹布におおわれてる、クッションが地面で行儀よく眠たそうにならんでる、ただ中庭に向いた窓だけが俗世で、情け容赦なく目覚めてた。いつか祖母が言ってた、天国と地獄はご近所さん同士、二つの扉は向かい合わせ。イブニ・アブドゥラーが言った、「セラム・アレイクム《あなたの上に神の平和がありますように》」

「アレイクム・セラム《あなたの上にも、神の平和がありますように》」

東洋人の女性とドイツ語で話すのは腹立ちますが、いまぼくたちはこの言葉しかありませんね。

「わたしの父がわたしを弟子としてあなたの所に連れてきたなら、父はわたしをあなたの手に委ねて言ったでしょう、『師よ、娘の肉はあなたのもの、娘の骨はわしのもの、娘を導きたまえ、もし娘があなたの教えに目と耳と心を開かないなら、打ってください、娘を打つ師の手は天国の手、あなたが打つ所、そこに薔薇の花咲くでしょう』」

イブニ・アブドゥラーは言った、「ぼく思います、ぼくは九年前に初めてドイツに来たときの方が、書道上手でした。七人の兄、戦争で亡くなりました。ぼくも怪我して、ちょっと大きい声で政府批判しました、そしたら狂信的なムスリム同胞団の一味だと非難されました」

わたしは言った、「亡くなった大勢の友だちを、わたしは祖国《くに》に残してきました。十七歳の若者たちが絞首刑にされました、祖国《くに》の政府にはわたし共産主義者です」

イブニ・アブドゥラーは言った、「しかし、ここドイツでは、ぼくは公園へ行って、大きな声で自分の意見言えます、ここは民主主義あります」

わたしは言った、「それであなたはこの九年間に何回、公園行って、大きな声で自分の意見言いましたか、お金はここで怖いもの知らず、牙持ってます」

イブニ・アブドゥラーは言った、「すべてのアラブ人が武器おろして、ただの裸足でいっしょにエルサレムへ行ったら。イスラエル人とアラブ人は、太陽の下で何日間か顔と顔見合わせる必要あるでしょう、司令官ぬきで。七人の兄を七年間、ぼくの母は身体に宿してた、司令官たちはそれを一日で使ってしまった」

しばらくの間、亡くなった七人の兄たちはわたしたちのところに、この半分眠ってるモスクの書の部屋に座ってた。わたしたち二人ともじっと絨毯を見た、そこに後ろ向きに落っこちて、這い上がれない獣がいるんじゃないか。

わたしは言った、「死者と生者の数を比べたら、この世は死者たちの世界」

イブニ・アブドゥラーは言った、「死は黒いラクダ、どの戸口の前にも腰下ろす」

わたしは言った、「死は遠い場所にあるでしょうか、死は目と眉の間にあります」

イブニ・アブドゥラーは言った、「この世で、死が近づくと、四人の天使来ます、四人の天使がいっしょに、彼の指先から魂を引き出します、死にゆく者の息は、まるで水売りの甕《かめ》からこぼれる水みたいに、大地に流れる」

わたしは言った、「魂は引き抜かれる、まるで濡れた毛皮に刺さった棘みたいに、死にゆく者は思うでしょう、自分の魂が針の穴から抜け出てったと。天が降りてきて、大地の上にかぶさった、魂はその間にとどまる、天使が魂を両手に取るでしょう、魂は水銀みたい震えるでしょう」

イブニ・アブドゥラーは言った、「魂が心臓から離れると、死にゆく者の目は見えなくなります、でも聴覚なくなるは最後でしょう」

「さあ、どうぞ最初の文字読んでください」
エリフ、ベ、ダル、ザル、ラ。

わたしは最初の五つのアラビア文字といっしょに書の部屋から出て、もう一つのベルリンへ行った。ベルリーナー・アンサンブルの前で公園座った、ここで勉強しよう。そこにブレヒトの像あった、まるで年金生活のおじいさんみたいに見えた、目閉じてそこに座ってた、もし子どもが騒いだら追っぱらいそう、わたし思った、この像が消えて、ふちなし帽とフルートのブレヒトが現れたらいいのに。

わたしは書の部屋に入った。書の部屋は、今日はいつもより眠そうで、人間の匂いがした。イブニ・アブドゥラー言った、「ぼくのところドイツ人の生徒たくさんいます、男性の東洋学者、女性の東洋学者います、ぼく思います、書によって、アッラーの下僕《しもべ》の間に平和もたらすことできると。ぼくの生徒の多くは、緑を選ぶ。緑が何か、知っていますか」

「緑は、赤でないもののことです」

わたしの座ってる長椅子《ディワン》が、わたしをお行儀よくさせた。わたしを待ってる文字たちがそこに見えた。

「読め」イブニ・アブドゥラー言った。

「できません」

「読め、神がぼくたちにつかわされたものだ」

わたしの口から文字が出た、一羽の鳥のように見える字、矢が刺さった心臓のような字、隊商《キャラバン》のような字、眠るラクダのような字、川のような字、風に吹き散らされる木々のような字、歩く蛇のような字、雨風の下で凍えるザクロの木のような字、脅されてぎょっとする眉のような字、川の上を流れる材木のような字、トルコ風呂で熱い石の上に座る太った女の尻のような字、眠ることできない目のような字。

わたしはラクダや泣いてる女の目といっしょに、ふたたびもう一つのベルリンへ行った。ベルリーナー・アンサンブル公園で、おばあさん二人座ってた。それぞれリンゴかじってた。

わたしは国境へ行った、太った盲目の若い東の女が国境の階段歩いてきて、警官にパスポートわたした、それから西のほう行った、別の年配の女たち東へ来た、鞄にピーナッツ入れて。わたしは西に着いて、地面見て、言った、「ああ、ここも雨降ったんだ」

わたしは書の部屋に入った。絹布の上で文字たちがわたし待ってる。今日は威厳に満ちた顔の文字がある、心のざわめきに耳傾けて、目をすっかり閉じてるのも、半眼のもある。やせこけて青ざめた顔の孤児たちや、アッラーの鳥もいる、みんな手と手つないでさまよってる。

イブニ・アブドゥラーはわたしの手開いて、生まれたての極楽鳥すべりこませた。

「あなたは今日、集中してないですね、ぼくの集中力もとられます、あなたはそういう日は、稽古やらなくていいです」イブニ・アブドゥラーはそう言って、わたしを追っぱらった。

次にわたしが書の稽古にヴィルマースドルフへ行くと、扉はもう開いてた、イブニ・アブドゥラーはたくさんのバクラヴァといっしょに床に座ってた、彼は言った、「アッラーの客人よ、われら甘く食し、甘く語らん」

「今日、きみはみずから種蒔いたものを収穫するだろう」イブニ・アブドゥラー言った、

「書け」

アッラーのみ名において
慈悲ぶかき者の慈悲を
天が二つに割れ
星々が散り散りになり
大洋がたがいにまじりあい
墓石が倒されるとき
魂はようやく何をなし、何をなさなかったかを悟る。
おお、人間よ、何がおまえを高き主に背かせたのか。

書くためにわたしが腕まくりした時、イブニ・アブドゥラー先生がわたしの手首を見てるのに気づいた、書き終わっても、彼はわたしの手首見てた、イブニ・アブドゥラーの顔はまるで片方の眉をつりあげた怒った文字みたい見えた。
「あなたにアラビアコーヒーを淹れてあげましょう」
「わたしたちの国では、一杯のコーヒーで四十年友情がつづく、言います」わたしは言った。イブニ・アブドゥラー言った、「ぼくは四十年じゃ足りない」わたしは何も言わないで、アラビアコーヒー二杯飲んだ。イブニ・アブドゥラーは空のコーヒーカップをわたしの手からとって、言った、「ひと月会えません、ぼくは遠くへ行きますから、ずいぶん遠くへ、明日アラビアに飛びます、あなたを一番線まで送りましょう」

わたしはどこ行けばいいの、一番線さん？

一番線は答えた、「さあ、わかりません」

「でもわたしはアラビアへ行きたいの」わたし言った。

わたしは都市鉄道《エス・バーン》へ行った。都市鉄道に乗ると、東ベルリンから西ベルリンへ向かう二人の女が立ってた、一人は盲目で、もう一人は盲目じゃなかった、盲目じゃない女が盲目の女に言った、「さあ、アルディ*へ、アルディへ行きましょ」

友人たちが映画投映機に一九三六年の短いフィルム入れる。あるおばあさんから買った、彼女の青春。友人四人、男二人と女二人、川べりで休暇楽しんでる、小さな町の役場に当時の旗が掲げられて、きしむような音立ててる。通りに人かげない、四人は食べる、飲む、おたがい川に放りこみ合う。友人たち言った、「ああ、あの三十年代のアルミカップだ」

映画見せてくれた男の子は、とても大きな声してた、声は壁にぶつかって、こだまになって帰ってきた。わたしは身体の中に痛み感じた、熱来て、わたしを他の生き物たちから引き離した、わたし横になって、見た、痛みがわたしの皮膚を開いて、わたしの身体じゅう縫いこまれてくのを、わたしにはわかった、この瞬間イブニ・アブドゥラーがわたしの身体の中に入ってきたのが、そして静かなった、痛みと熱は去って、わたしは起き上がった。

わたしはひと月の間、イブニ・アブドゥラーを身内に宿して、二つのベルリン歩きまわった。東で八百屋に入った。そこで買い物するたび、この国から何かくすねてるみたいな気持ちなった。店員がこわくて、わたしはわざと買い物かごにお金入れた、店員に見えるように。店員それ見て、言った、「あたしゃ頭おかしくなったのかね、かごに金が入ってるように見えるなんて」

あるときわたし、イブニ・アブドゥラーを身体に宿して通りを歩いてた。男と女がむこうから来た、二人はまずわたしとすれ違った、それから目を見合わせて、頭を右に左にゆさぶった。わたしは立ち止まった、すると二人の男が通りかかった。「旦那さまがた、わたしの顔でサルが遊んでますか?」と訊くと「いいえ」二人の男は言った、「あなたの顔はごくふつうですよ」「でも、さっきのご夫婦がわたしからかったんです」とわたしが言うと二人の男は言った。「いやいや、あなたの顔はごくふつうです、ですがそのご夫婦に直接訊いたらよかったのに」

わたしはイブニ・アブドゥラーを身体に宿して、国境の前に立ってた。東のおじいさんが、別の東のおじいさんにたずねた、「あっちへ行くのかね?」別の一人が言った、「いや、今日行かないよ、今日休みだ、今日わしの誕生日でね」

わたしはクーダム通りへ行った、そこに立って、通り過ぎるアラビア人の男を全部数えた、アラビア・レストラン入って、ウエイターに水を六回頼んだ、そしたらアラビア男性を六倍数えられるから。わたしは頭にスカーフ巻いたアラビア女性たちの後つけた、お腹の大きいその娘たちならんで歩いてた、わたしはそのスカートの下もぐりこみたい、うんと小さくなりたい、彼女たちの娘になりたい、ベルリンのノイケルン地区で。トゥルム通りの。彼女たちと一緒にアラビア行きたい、わたしはイブニ・アブドゥラーの家にいる、彼のお母さんいる、わたしの顔はスカーフの下、ある時わたしはイブニ・アブドゥラーと一緒に、男たちの集まりに出かける、半分男、半分女の衣装を着てる、わたしはそこでコーランの中の一曲を歌う、わたしはイブニ・アブドゥラーの頰がこわい、その頰はホメイニの僧侶《ムッラー》みたい。「汝は罪を背負うべし」イブニ・アブドゥラーは言って、モスクの中でわたしを愛する。彼は肩に布をかけてる。光が上からさしてきて、途中で細かく砕け散り、絨毯の上に降り積もる、この絨毯の上に人々は座り、両手開いて、アッラーと対話した、その瞬間彼らにはアッラーしかいなかった。イブニ・アブドゥラーはわたしを絨毯の花の絵の上座らせる、わたしの乳首に触れる、わたしは太陽にむかって伸ばした両手を彼の首にまわす。ああ、速き翼持つ者。いと高く飛ぶ者よ、わたしの扉の前に、わたしの大地に降り立て、汝の憩える場所、それはわたしの瞳、わたしの涙が汝の飲み水とならん。

わたしはイブニ・アブドゥラーを身内に宿して、いくつもの建物に入りこみ、扉にあるアラビア風の名前を数えた。夜、夢を見た。わたしはイブニ・アブドゥラーの書の部屋にいる。わたしと彼は、絹布から透明のラップ取り去る。そこに大きなベッドある、ブルーのベッドリネン、そこにはもう二つベッドがある、とても古い子どものゆりかご、二つならんでる、一方にはイブニ・アブドゥラーが寝て、ちゃんとその中におさまってた、彼はわたしに、もう一つの子どもベッドに寝るよう言った。

また別の夢。祖母が裸で、死んで横たわってた。わたしは祖母を抱き上げる、棺の中に寝かせる。祖母の頭が棺のふちぶつかる。肌はまだ温かい。大きいマッチ箱一つ。中にパンが何切れか入ってる、祖母のためだ、祖母が土の下に横たわって、もし死んでなかったら、飢え死にしないように。わたし箱開ける。パンが一部食べられてる。わたしは祖母の髪を見た。白髪がいっぱい。わたしは自分のためにそれ集めて紙に包む。

わたしはイブニ・アブドゥラーの部屋いる、文字を読もうとするのに、わたしひどく混乱してる、イブニ・アブドゥラーが来て、わたしの頬と口の間に口つけた、わたしは安らぐ。

わたしはヴィルマースドルフの書の部屋に入った。彼ははじめてわたしの両頬にキスする。母親が編んでくれた毛糸のベスト着てる。彼とわたしと恥じらいが、書の部屋に座ってる。灰色の中庭に面したカーテンは閉まってる。

「この香りは、アラビアのお姫様たちがつけてるものです、あなたにお土産です」イブニ・アブドゥラーは言って、わたしのノート開いた。「わたしはまるで女子生徒みたいに興奮してます」イブニ・アブドゥラーの顔はどこかしら、膝ついて物乞いする文字みたい。「ひと月前どこまで勉強したのだったか」わたしは「オフ……」と長い息を吐いた、わたしの声は進んでって、花瓶にさしてある日本の生け花の細長い枝にぶつかった。「どうか困らせないで、読んでください」

汝を生み、育み、形与えし者、

おのが好みのままの姿に、汝を整えし者、
まこと、しかるに汝らはその裁きを否認するか。
だが見よ、汝らのはるか上に真の番人らがおられる、
高貴なる記録者らが、
汝らのおこないを知る。
見よ、誠実なる者らを、まことの悦びの中に、
かの者らは住まうであろう。
地獄の沼の罪人らは、
裁きの日にそこで身を焼かれるであろう、
そして二度とそこから出ることはかなわぬ。
さて汝知るや、裁きの日とはいかなる日か。
ふたたび問う、汝知るや、裁きの日とはいかなる日か。
かの日、魂はほかの魂のため何らとりなすことあたわぬ、
これぞアッラーの審判の下る日なり。

「きみがまたここに来てくれたこと祝して、ぼくと一緒に何か飲まないか」イブニ・アブドゥラーが言った。

わたしはゆっくり飲んだ。瓶が空になったら、帰らなくちゃ。

イブニ・アブドゥラーはわたしの顔を見なかった、じっとロウソク見つめてた、ロウソクが消えるまで。彼は言った、「この光、この光が溶けてくさまといったら」ロウソクがなくなってしまうと、彼はグラスだけをじっと見つめて言った、「すごく喉が渇いた、ぼくが思うに、ぼくの渇きはけっして終わらないだろう」それから彼はカセットテープを入れた、男がコーランを歌ってた。こんなふうだった、心は待ってる、すると炎が来た、心は鉛みたいに炎の中に溶けた、やがて炎消えた、心はまたもとの姿で立ってる、するとまた炎来て、心は炎の中に溶けた。

この心の声が沈黙すると、イブニ・アブドゥラーは震えはじめた、わたしは彼にさわれなかった、わたしの両手はまるで舌のない文字みたいに、膝の上に乗ってた。「夢であなたを見ました、子どもベッド二つありました、一つにあなたが寝て、ちゃんとその中におさまってました。あなたはわたしに、もう一つに寝ていいと言いました」

「それはどんな意味でしょうか」

「わかりません」わたしはそう言って、彼の後ろにある暖炉を長いこと見つめてた。イブニ・アブドゥラーはわたしの膝の上に身を投げた、二日間わたしたちはそのままいた、何も話さず、何も食べなかった、彼は弟子たちに扉開けなかった、電話も出なかった、彼は二日後に最初の言葉を口にした、「ぼくは生きたい、九年間、ぼくはこの国で喜び持たなかった、それは愛だ、きみはぼくのそばにいなさい、何も言うな、神よ、ぼくは何も聞きたくない、そばにいなさい、ぼくは気づいた、きみはたくさん痛み抱えてる」

イブニ・アブドゥラーは書の部屋をカーテンで仕切った。

わたしは部屋の半分に座った、もう半分で彼が東洋学者たちのためにアラビア文字教えた、稽古の合間に彼は書の部屋のもう半分へ来て、わたしを見下ろした、まるでわたしが珍しい花みたいに、わたしの目のぞきこんだ、彼の心からとてもたくさんの「ああ」がもれた、彼は料理した、わたしたち食べる、それから彼は書を開いて、言った、「これをいまから学びなさい」わたしはごく低い声で読んだ、カーテンの向こうの声は大きかった、彼らの文とわたしの文が混じり合った。

わたし「見よ、アッラーは芽吹かせたまう、麦とナツメヤシを」

他「恐怖が迫りくる時、汝は見るであろう、汝らへの妬みゆえに、彼らが汝を見つめるを…」

わたし「…生あるものを死せるものの中から取り出し…」

他「…大きく目を見開いて、あたかも死によって…」
わたし「…死せるものを生あるものの中から取り出したまう、それはアッラー…」
他「…襲われし者のように、しかるに恐怖が過ぎ去れば…」
わたし「しかるに汝らいかに背けり」
他「彼らは鋭い舌もて汝らを迎え、最高のものを貪欲に欲する…」
わたし「…彼は朝をひらき、夜を憩いの時と定め…」
皆「…これは信仰を持たぬ者らなり、ゆえにアッラーは…」
わたし「…太陽と月をば、時のしるべとなしたまう」
皆「…彼らのわざを破壊したまうであろう、アッラーにはたやすきことなり」

わたしは書の部屋から出れなくなった。イブニ・アブドゥラーは文字の稽古の後、夕方出かけてった、わたしはカーテンをわきに寄せて、文字たちと一緒にこのモスクの中に座った、文字たちは絨毯の上で寝そべってた、わたしは彼らのとなりに横になる、文字たちは休みなしにいろんな声でおしゃべりしあって、わたしの身体の中で眠りこんだ獣たち目覚めさせた、わたしは目閉じる、愛の声がわたしを盲目にするだろう、彼らしゃべりつづける、わたしの身体がまるで真ん中で切られた柘榴《ざくろ》みたい開く、血と穢れの中、一匹の獣が出てきた。わたしは自分の開いた身体を見下ろす、獣はわたしの開いた身体を押さえつけて、わたしの傷口をその唾液で舐める、わたしの足の下は岩場だった、かつて海が引いてったという、そして岩しかない、はてしない景色が取り残された、輝きは岩たちを見捨てた、岩たち叫んだ、「水、水」わたしは見た、海がこの獣の口から溢れ出るさまを。海は死んでしまった岩たちの上に注いだ、岩たち身動きした、水がわたしの身体を高く持ち上げる、わたしはそこ横たわってた、わたしは水の身体の上に浮いて、眠りに落ちた。目が覚めたとき、あたりは暗くなってた、獣も岩も、海も見えなかった、みんなどこ行ってしまったか。わたしは身体をまわして右向いた、絨毯の上に文字が横たわってた。壁のロザリオたちが、不気味なくらい静かにわたしを見下ろしてた。わたしの「ああ」から出た火を消せるのは、イブニ・アブドゥラーの火だけ。

「ここは静かでいい、そうだろう」イブニ・アブドゥラーは言った、「きみは安らぎを求めてる、ゆっくり休みなさい、ぼくは稽古ある、ほら紅茶だよ」

カーテン閉まる。わたしは紅茶のグラスを心臓あたりに押しつけた、心がもとの場所戻るように。わたしはとても大きな忍耐必要な、生まれたての濡れそぼった鳥みたいだった。

長椅子《ディワン》よ、わたしがじぶんの脚で座ってた長椅子よ、わたしの思い出をちょうだい。

わたしは一羽の鳥。故郷の国から飛んできた、高速道路《アウトバーン》に乗って、未解決事件簿ＸＹの町をいくつも通って。

カーテン開いた。


「きみはぼくの想いに咲くうるわしき薔薇、
きみはぼくの心の陽気な夜啼鳥《ナイチンゲール》。

ぼくはきみを見た。

きみの炎のような口、
きみの頬のえくぼ。

きみはぼくを焼き尽くしてしまった」イブニ・アブドゥラー言った、「こういう歌があるんだよ」

「こんな歌もあるわ」わたし言った。

「わたしは走る、愛がわたしを血に染めた、わたしの頭はわたしのとこにない、わたしから離れてもない、来て、見てちょうだい、愛がわたしをどんなにしてしまったか、あなたの愛がわたしを見て、わたしの心臓を取り出し、病気にしてしまった、殺すつもりなの、わたしは時に風のよう、時に埃だらけの道のよう、時に波打つ水のよう、さあ、わたしを見て、愛がわたしをどんなにしてしまったかを」

イブニ・アブドゥラーは言った、「もう一曲歌っておくれ」イブニ・アブドゥラーはトレーニング・パンツをはいた、わたしたちは書の部屋のあっちとこっちの隅に座った、二人の間に盆、つまみ《メゼ》、ラク酒、ワイン。

彼は言った。「きみはぼくと同じテンポで飲むね、とても素敵だ」

ワインの注ぎ手よ、わたしにワインを運んできて、わたしの理性をワインで取りはらっておくれ、何の価値もないこの世、わたしはあなたの手の中お散歩するワイングラスになりたい、わたしの影があなたの顔にだけ落ちたらいい。少年よ、あなた天女《フーリ》の中から生まれたか、わたしの理性はもとの場所抜けだして、飛んでいってしまった、あなたのまつげはわたしの血を飲んだ矢、あなたのきれいな額は呪われた海、あなたの黒い瞳のぞいたら、膝に力残るだろうか、あなたの口が何か言えば、死者をよみがえらせる。

イブニ・アブドゥラーは言った、「きみが最初にアラビア語聞いたのいつ？」

わたしは言った、「父が夜中に起き出して、ラジオでアラビア語の放送探してたの、部屋は暗かった。ラジオは当時大きな箱でね、父さんは緑色の塗料をラジオの中に塗りたくって、アラビア語の声探した、やっと見つけたら、ラジオから目を放せなくなった、父さんがじっと目つけてなかったら、声は逃げ出してたかも。わたしの眠りの中に、この声たちが入りこんできたの、わたしは父を愛してた。父はこの声愛してた。わたしはその頃思ってた、このアラビアの歌手たちは父の親友だって、それだけじゃない、ラキ酒の瓶に絵が貼ってあってね、二人の男が座って、ラキ酒飲んでる。わたし思ってた、この絵の一人がわたしの父で、もう一人は父のラキ友だちの、せむしのリファトだって。そうじゃない、一人はケマル・アタテュルクで、もう一人は何かの大臣だって言う人もいたけど、わたしはずっと父だって信じてた。アタテュルクの命日にわたし、叫びながら詩を読んで泣いた、だけどアタテュルクはアラビア文字を禁じなくてもよかったのに。この禁止はまるでわたしの頭が半分切り取られたみたいなもの。わたしの家族の名はみんなアラビアの名前、ファトマ、ムスタファ、アリ、サムラ。幸いわたしはまだ、たくさんのアラビア語の単語と一緒に育った世代だけど」わたしはトルコ語の中にまだあるアラビア語の単語探した。イブニ・アブドゥラーにたずねた、「これは知ってる?」

レブ――口

ドゥチャール――病におそわれる

マーズィ――過去

メディユーン――結ばれた
マイタップ――花火の玉
イエティム――みなしご
「ああ」イブニ・アブドゥラーは言った、「ほんのちょっと音は違うが」
わたしは言った、「この単語たちがあなたの国から出発して、わたしの国に歩いてくるまでに、途中で少し変わったのね」
イブニ・アブドゥラーは言った、「シーツをベッドの中に敷こう、この部屋はいくらか寒い、きみに風邪引かせたらいけない」
「ぼくは戦争を見た、ほとんど殺されかけた、とても若いイスラエル兵に。ある人が助けてくれなかったら、ぼくはこの世からいなくなってた。だがその人は横向きに倒れて、死んでしまった。ぼくは自分の口を手でおおってたそうだ、その時。だれかがぼくに言った、あんたは助かったんだよ、と。きみのそばにいると、ぼくはひどく混乱してしまう、きみはぼくの人生の糸のねじれた髪、糸の終わりがけっして見つからなければいい」イブニ・アブドゥラーは自分の両足を重ね合わせ、それをわたしの足の上に置いて、言った。
「きみ、祈りの庭に咲く、わが薔薇の木よ。
大地の面《おもて》におりる竜涎香《りゅうぜんこう》よ。

きみがぼくをじっと見つめると
一羽の鳥がぼくの左肩に降り立ち、
ふと飛び立っては、もう一方の肩にとまる」

眠りながら、イブニ・アブドゥラーは話しつづける、「忍耐はすべての物の頭《かしら》」

わたしはわたしの身体の中にいるイブニ・アブドゥラーに話しかけた、「わたしたちは完全な世界、彼はわたしの中に入ってこないだろう、わたしたちは子ども作らないだろう、兄弟が生まれて殺し合うこともないだろう、都市鉄道《エス・バーン》はもう動かないだろう、都市鉄道の前にだれかが身投げすることもできないだろう、死さえもその疲れを取り除けないような労働者が、この世に生まれることもないだろう、国と国の間で死を探す移民ももういないだろう。あるのはわたしたちだけ。わたしの生はどの死体のおかげでもないだろう、どの死者も生者に似て、死についての問いを生者に投げかける。パレスチナは建国されず、殺されないだろう、洗面器もスタンド灯もテーブルも存在しないだろう、すべてのペンをわたしたちは忘れてしまうだろう」

イブニ・アブドゥラーが目覚まして、言った、「眠りなさい、きみはひと晩じゅう眠らなかった」

「あなたの唾をわたしの口にちょうだい」

彼はそうした。彼の唾液は銀色の飲み物、わたしは飲み、祈った、「わがアッラーよ、滅ぼす愛をわれにとくと教えたまえ、愛の滅ぼす力から、一瞬たりともわれを引き離したもうことなかれ、われをよく助けたまえ、わが苦しみを助けたまえ、すなわち愛の痛みにわれを依らしめたまえ、わが生あるかぎり、愛の呪いからわれを引き離したもうことなかれ、われは呪われしことを望む、呪いはわれを望むがゆえに」

「さあ、よく集中して勉強しよう」イブニ・アブドゥラーは言った。

「かの日が来れば、すべての魂が語らなくなるであろう、あの御方のご許可がないなら。ある者は不幸になるがいい、他の者は至福になるがいい。不幸な者らについては、火に投げこまれ、ため息をつき、呻くがいい。永遠にその中にとどまるがいい、天と地のつづくかぎり、汝の主が別のことをお望みでないなら、見よ、汝の主はなす、すべて意のままに」

わたしは文字をよく覚えられなかった、身体の中にいるイブニ・アブドゥラーと、ずっとべつの単語で話してたから、「あなた、わたしの魂の中の魂よ、あなたに似るものなし、わたしはこの身をあなたの歩みのため捧げる。そのまなざしであなたはわたし見た、わたしはこの身を生贄としてあなたのまなざしに捧げる。すさみ、髪みだれて、いつまでも泣いてたいの、わたしは。ひと目であなたは、わたしの舌をあなたの髪に縛りつけた。わたしはあなたの顔《かんばせ》の奴隷。この鎖を断ち切るなかれ、わたしを拒むなかれ、愛しい人よ、わたしは汝の顔の奴隷になってしまったの、どうか教えて、わたしはどうしたらいいの、わたしはどうしたらいいの」

「きみはそわそわして、集中してない」イブニ・アブドゥラーが言った。「文字はそういうきみ許してくれないよ」

イブニ・アブドゥラーは自分の目で間違いを見ようと、わたしのノートを手に取って、膝の上にのせた、そしてまるで祈る人みたいに文字見つめた、わたしが小さなクッションを股にはさんで、ぎゅっと腿に押しつけた時、一度しかわたしを見なかった。わたしはわたしの身体の中にいるイブニ・アブドゥラーに話しかけた。

わたしの心は飛びたかったのに、翼が見つからなかった、わたしの愛は洪水、それは叫ぶ、わたしの心を投げだして、泣く、涙を拭いてくれる手をわたしは見つけられなかった、わたしは自分が愛の洪水の中へ入ってくにまかせた、わたしの愛の言葉に、辞書は見つからなかった。わたしは夜啼鳥みたいに語り、薔薇みたいに色あせた。それは痛み、それは叫び、それは自由、とても自由。また別の歌が浮かんだ。

わたしは怖い、死ぬのが。死ぬ前にもう一度、あの人に会いたい、彼の顔、わたしの顔、ふたりの間に月、わたしが庭にいた時、木々の枝は泣いた、わたしの愛しい人を見た？星々よ、月々よ、今ごろあの人は泣いてるかもしれない、何度も『ああ』と言いすぎるかもしれない、どうか煙吐く山々の道を示しておくれ、わたしはあの人のとこへ行きたいの——人は言う、死は安いと」

イブニ・アブドゥラーは言った、「しっかり覚えたと感じても、少なくとももう二百五十回その単語をおさらいしないといけないよ、きみが今日辛抱して勉強するなら、わたしは今夜わたしの夜をここで過ごそう」

彼はカーテンを閉めると、弟子たちに扉を開けた。

わたしは自分の文字を学んだだけでなく、カーテンの向こうで話される単語も一緒に覚えた、するとまたトルコ語の歌が浮かんで、それがアラビア語の単語の中に混ざり合った。

コーラン「かの日が来れば、すべての魂が語らなくなるであろう」

トルコ語の歌「わたしは一生、あなたの純粋な愛をわたしの心の中とどめておきたい」

コーラン「あの御方のご許可ないかぎり」

トルコ語の歌「わたしはその愛けっして汚すまい、たとえこの身を火に投げようとも」

コーラン「不幸な者らについては、火に投げ込まれ」
トルコ語の歌「わたしはけっしてその愛に飽きることないだろう、たとえ千年この胸に抱こうとも」
コーラン「永遠にその中にとどまるがいい、天と地つづくかぎり」
トルコ語の歌「あなたと過ごす一夜を、わたしは一生とどめておきたい」
コーラン「汝の主が別のことをお望みでないなら、見よ、汝の主はなす、すべて意のままに」

イブニ・アブドゥラーはわたしの隣に、まるで子どもに布団をかけてやった母親みたいに横たわってた。彼は言った、「ぼくの美しい人、鳩の踵《かかと》の」

「わたしの祖母が聞かせてくれたお話聞きたい？」

「ああ、聞かせておくれ」

昔々あったとさ、なかったとさ、ある国に少女がいたそうな、そこへ夜ごと一羽の鳥が来て、窓をつついて言った、『おまえは四十日、一人の死者の守をするだろう』少女は起きあがって、この鳥と一緒に行った、一軒の家があって入ってった、部屋の中に入ると、そこに一人の死者が横たわってた、たいそう美しい男で、まるで十四日めの月のように美しかったと。少女はそこへ座り、この死者の守をした。三十九日が過ぎた、四十日めに別の女が来て、窓をコツコツたたいて言った、『この惚れ薬を買ってくださいな、たいへん愛されますよ』少女は窓開けて、惚れ薬を飲んだ、気失ってそこに倒れた。もう一人の女は死者のとなり座った、死者は目開けて、守をする女を見て言った、『きみは四十日の間、私のそばで守をしてくれたのか』女は答えた、『はい、そしてあそこに見える少女は私の侍女で、ジプシー女です』男はこの女を妻にめとり、四十夜、四十日、彼らは結婚した。少女は仕えながら、夜ごと男と女の愛の営みを聞いた。男はある日、町へ出かけることなった、男は少女にたずねた、『おまえに町で何買ってきてあげようか』少女は答えた、『忍耐石と鋭いナイフを』ココナッツ油でも、きれいな服でもなく。男は少女に望みの品を与え、扉のかげ隠れて、聞き耳立てた。少女は忍耐石を手にとると、その忍耐石に四十日の守の話して、石にたずねた、『忍耐石さん、あなたならぜんぶ耐えられたかしら』忍耐石はどんどん息を吸って、みるみる大きくなった、そして破裂して、いく千のかけらになった、少女はナイフを取って、心臓にあてた。『そういうことだったのか』男が言った。男はもう一人の女に、斧四十本か馬四十頭、どっちがほしいかたずねた、女は言った、『斧四十本でいったいどうしろというのです、馬四十頭ください、そしたら母父のもと帰ります』男は馬の尾にくくりつけて、女を山々へ追い立てた。どの山にも女のかけらがひとつずつとどまった、そして男は少女を妻にしたそうな。

イブニ・アブドゥラーは言った、「ぼくはアラビアで、あまり長く年配の人たちといすぎた。なんとなく怠惰になってしまった、ぼくは二十八歳だった、隣の女がぼくをお祈りに誘った、ぼくはシャツの袖引っぱり下ろした、祈るために。女は部屋の鍵を窓から投げ捨てて、ぼくの童貞奪った、ぼくは部屋の中を走り回ったが、女につかまってしまった、それできみの初体験は、どんなふうだった?」

「わたしはベルリンを歩いてた、ベンノ・オーネゾルクが殺された頃、びっこの共産主義者がトルコから来た、彼はわたしたちを労働者の党に動員しようとした、わたしは映画館に座ってた、彼も同じ映画館に座ってた、エイゼンシュテインの映画、アレクサンドルネフスキー、その時思ったの、今夜自分をこの処女膜から解放しなきゃ、彼は共産主義者、彼はびっこ、彼と寝たら、わたしを放っといてくれるだろう。彼はわたしをカフェ・クランツラーへお茶に誘った、わたしはずっと時計見てた、最後の地下鉄が行っちゃえばいいって、そして地下鉄が行っちゃって、彼言った、家にラキ酒の小瓶あるよ、トルコの。次の日、彼は言った、わたしは処女じゃないって、バスに乗ってから血が出てきた、わたしバスの中で笑った、彼は思ったかも、わたしが彼の政治キャリアを壊すんだって。でも彼のキャリアを壊したのは、将軍たちだった」

イブニ・アブドゥラーは両足を重ね、それをわたしの足の上に乗せると、眠りに落ちた。わたしは夢を見た、わたし大きな店で呼び鈴鳴らす、イブニ・アブドゥラーが扉開ける、店の壁に映画映ってる。女と男がベッドの中で愛し合う、最初はなんてことない、そのうち二本の手が現れて、斧で女の身体を真っ二つにする、女の上半身は動いてる、下の部分はじっと動かなかった。

わたしは目を覚まして、言った、「アッラーよ、わたしに二つの翼を与えたまえ、さもなくばわたしを鳥にしたまえ、わたしの心臓を石にするか、さもなくばわたしに忍耐石を与えたまえ」

イブニ・アブドゥラーは安らかに眠ってた、彼は男であり女だった、いままた子どもに布団かけてやった母親みたいに、そこに横たわってた、彼のペニスが心臓みたいに息してた。眠りながら。

わたしはどうしていいかわからなかった、わたしは夜、一枚の紙の上で泣いた、そして紙の背中に書きつけた、イブニ・アブドゥラー、この紙を裏返して、真っ白い紙を見て、そこにわたしの涙が見えるでしょう。

イブニ・アブドゥラーはそれ読んで、言った、「おお神よ神よ」「汝悟らぬか、アッラーが夜を昼の後に、昼を夜の後に来させたまい、万事がしかるべき時に行われるよう、太陽と月を用いられたまうたことを、アッラーが汝らのなすことを知りたもうことを」「きみがこれをよく学んだら」イブニ・アブドゥラー言った、「ぼくはまた三日後、ひと夜ここで過ごそう」

愛は軽やかな鳥、いずこへもたやすく舞い降りる、されど飛び立つ翼のいかに重き。

イブニ・アブドゥラーはふたたび書の部屋の隅に横たわった、わたしは別の隅、二人の間にメゼの盆とラク酒。イブニ・アブドゥラーは語った、「ぼくの母はいつも言ってた、わが息子イブニ・アブドゥラーは、コーランのページみたいに清潔だと。ゼリハ夫人と予言者ユースフの話を知ってるかい」

ゼリハはエジプトのある金持ちの男と結婚してた、夫はユースフを奴隷として市場で買い、家へ連れてきて言った、妻よ、われらには子がない、この子をおまえ自身の目のように大事にせよ。

ユースフはそこで食べ、服を着、成長した、彼は十四日めの月のようにたいへん美しい若者になった。ゼリハはユースフのため身を焦がした。ある日にゼリハはすべての扉に鍵をかけ、ふいにユースフの前に立った。

「ユースフ、おまえの顔はなんて美しいの」

「アッラーがこのようになさいました、アッラーに感謝を」

「おまえの髪はなんて美しいの」

「それが何の役に立ちましょう、墓に入れば朽ちてしまいます」

「おまえの目はなんて美しいの」

「私はそれで私のアッラーを見ます」

「ユースフ、おまえの目で私の顔を見て」

「私はおそろしい、私の目が他の世界でめしいてしまうのが」

「ユースフ、おまえは私がそばへ行くと、いなくなってしまうのね」

「私はアッラーのおそばへ行きたいのです」

「私のベッドにお入りなさい」

「毛布は私をアッラーの目から隠してくれないでしょう」

「庭は喉がかわいてる。水をやって」

「庭は主《あるじ》がいます」

「火事よ、消してちょうだい」

「私は火がこわい」

「ユースフ、おまえを絞首台へ連れてくわよ」

「私の兄たちも同じことをしました」

ユースフは逃げた、ゼリハ追いかけて、ユースフのシャツ後ろからつかんだ、シャツ破れた、そこへ夫来た、ゼリハは夫に言った、「さあ、ご自分の目でご覧なって、あなたの家族に酷いことしようとしたのはだれか」けれども夫はシャツが後ろから引きちぎられてるのを見た、夫は言った、「女よ、アッラーの前に跪《ひざまず》くがいい、おまえは罪犯した」近所の女たちは陰口たたいた、どうしたら金持ちの奥さんが奴隷に恋なんかできるかしら。ゼリハは言った、「あの人たちに思い知らせてやる」ある日にゼリハは全員の女たち呼ぶ、テーブルには色とりどりの果物が並んでた、ゼリハは女たち全員の手にナイフ持たせた。女たちは三十五人いた。女たちは皆、果物の皮をむきはじめた、ゼリハはユースフを呼んだ、ユースフ来て、部屋の隅に控えた。三十五人の女たちはユースフの美しさを見た、その目はユースフの顔に釘づけになった、女たちはナイフで指や手を切ってしまった。女たち言った、「許して、ゼリハ、あれは人間じゃない、天使よ。いちばん美しい天使」ゼリハ言った、「あなたたちは見て、私が正しいとわかったでしょう、私を愛さないなら、ユースフは牢屋に入れられるがいい」三十五人の女たちは、ゼリハに「はい」と言え、とユースフに迫った、ユースフは「はい」と言わなかった。ユースフは何年も牢屋にいたが、おのれの純潔に塵ひとつ寄せつけなかった、ユースフは牢屋から出て、財務省で大臣職までもらった、ゼリハの夫は亡くなった、そうしてようやくゼリハは、ユースフの妻になる名誉を得られた。

それからイブニ・アブドゥラーは次の言葉を語った、「おお、汝ら、信ずる者たちよ、外国を出た信心深い女たちが汝らのもとへ来たれば、その者らを見定めるがいい。アッラーはその者らの信仰心をよく知りたもう、されど汝らがその者らを信仰篤き者とするならば、不信心者たちのもとへ追い返すべからず」

「わたし、またトルコ語の中のアラビア語の単語探してみたの、これ知ってる？」

インキサル——呪い
ムズタリプ——心の苦悩ゆえの病
インキダート——崩壊
イクバル——恩寵
イヒティヤトゥキャル——慎重な
イティザル——死んで横たわる
イヒヤ——よみがえらせる

イキャーメト――滞在
イキラム――歓待
ハスレト――憧れ
「きみらは忍耐を何と言う?」イブニ・アブドゥラーが言った。
「サブゥル」
「ぼくたちはサブルと言う」イブニ・アブドゥラーは言った。
彼が自分の両足を重ね合わせて、それをわたしの足の上に置く前に、わたしは彼のシャツをめくって、わたしの胸を彼の背中にくっつけた。イブニ・アブドゥラー言った、「ああ」まるで子を産む女のように、わたしは彼のトレーニングズボンを脱がせて、彼を愛した。わたしは見た、彼が達する時、両手で口をおおうのを。前に彼が話してくれた、死んだイスラエル兵の時みたいに。彼はその死者を見て、ふいに両手で口をおおったと。それから彼はつづけざまに言った。
「愛する人よ、ぼくの魂の中の魂よ、ぼくの心に問いもせず、きみはぼくの答えを聞いたのか? この世界を飾るきみの美しさを、きみはぼくに与え、
気まぐれに入ってきた、ぼくの身体の中に。
月のしわざよ、わが聖なるアッラーよ。

なんという巧みさ、きみの口、ぼくの口、
それは憧れをいやますばかり、
ぼくをどうか行かせておくれ、愛する者よ、
ぼくは粉々に砕け散りたい」

朝、イブニ・アブドゥラーは言った、「きみがいると、ぼくはひどく興奮してしまう、ぼくは部屋にいられない」彼は出て行った、わたしは相変わらず書の部屋から出れなかった。わたしはそこに座った、わたしは文字たちの目のぞきこむ、文字たちがわたしの目のぞきこむ。愛は軽やかな鳥、いずこへもたやすく舞い降りる、されど飛び立つ翼のいかに重き。わたしが言うと、文字たちはうなずいた。

わたしは土から作られた、あなたがわたしを人間にした、あなたへつづく道はもっとも美しい道、すべての水はあなたへと流れたがる。

あなたがわたしにもたらした愛が、わたしによって悲しんではならない、けっしてあな

たの心へもどってはならない、あなたの愛がわたしゆえに、大地に顔伏せて泣いてはならない、わたしのことを嘆いてはならない。イブニ・アブドゥラーが帰ってきて、わたしのために料理し、それから自分は食べないでまた出かけてった。「きみが素敵な午後を過ごせますように」彼は言った。わたしは言った、「すごくドイツっぽい言い方ね」

彼は言った、「それでもぼくは、きみのために素敵な午後を祈ってる」そして去った。

わたしはわたしの身体の中にいるイブニ・アブドゥラーに話しかけた。

「愛は炎でできたシャツ。わたしの心臓に石を押しつけて。わたしの口はどの言葉で語ればいいの、彼の眉がわたしを焦がしてしまったと、愛しい人が気づいてくれるように。恋する女と道化は似てる。一人めは笑わず、二人めは泣かず」

イブニ・アブドゥラーは言った、「今夜は一緒に食べ、飲もう」

彼はふたたび書の部屋の隅に横たわった、わたしは別の隅、彼はわたしにたびたびラキ酒を注いだ、彼は言った、「ぼくは喉の渇き消せない」

「ムサラーはアラビア語でどんな意味？」

「祈りの場所。たとえば死者を横たえる石は、ムサラーの石だ」

「わたしたちのとこでもそうよ。ムスカはどういう意味？」

「魔法の呪文」

「わたしたちのとこでもそう。エスラルの意味は？」

「秘密」

「わたしたちのとこでもそう。エヴハムの意味は？」

「ばかげた空想」

「わたしたちのとこでもそう。ミュジャメレは？」

「国を越えた礼儀」

「わたしたちのとこでもそう。ムーテナーは？」

「入念なこと」

「わたしたちのとこでもそう。ムブレムは？」

「緊急に必要」

「わたしたちのとこでもそう。ムズマヒルは？」

「壊滅的状態」

「わたしたちのとこでもそう。ムサラは？」

「つながり」

「わたしたちのとこでもそう。ムヴァジェへは？」

「対峙する」

「わたしたちのとこでもそう。そしてレブは？」

「口、前にも聞いたよ」イブニ・アブドゥラーは言って、向こうのベッドに横になり、二人の間にカーテン引いた。わたしはカーテンの後ろで泣いて、言った、「どうして？」

イブニ・アブドゥラーは言った、「ぼくの身体は病気だ。ドゥチャール、病気なんだ」

わたしは言った、「わたし、この部屋から出てく」

彼は言った、「そうか、ドイツ人みたいだな、セックスなしなら、さよなら」

わたしはもっと泣いて、言った、「わたし、あなたを傷つけてしまった」わたしは自分の下ろした髪、あらわな肌が恥ずかしかった、わたしは思った、書の部屋のすべての色たちも恥ずかしさに叫んでる。

「アラビア語で恥は何と言うの」

「アル」イブニ・アブドゥラーは言って、カーテンを開けた、ふたたび自分の両足を重ね合わせ、それをわたしの足の上に置いて言った、「きみの頭をぼくの胸の上で重たくして、眠りなさい。胸はトルコ語で何と言う？」

「スィーネ」

「アラビア語もだ。眠りなさい」

翌朝、書の部屋は病人の床だった。わたしたちは二人ともぐったりしてシーツの上に横たわった。彼は弟子たちのために扉開けなかった、彼は椅子を二つ持ってきた、わたしたちは腰かけた、イブニ・アブドゥラーは言った、「話をしよう」

イブニ・アブドゥラーは語った。

「メルハメット、トルコ語でメルハメットはどんな意味か」

「あわれみたまえ」

「よろしい、メルハメット、あわれみたまえ。きみはとても美しい、ぼくは神聖な愛、純粋な愛がほしい。このままきみと寝れば、ぼくの身体は変わるだろう、ぼくは仕事をなくすだろう。きみは知らないが、東洋学者の女性がいるんだ、ぼくにとても細かく与格と対格を聞いてくる。ぼくの身体は狂ってしまった、きみがこれ以上ぼくの中に入ってくれば、遅くともひと月後にぼくは仕事をなくして、貧乏な男になる。きみはとても軽い、まるで鳥から抜けるあれのように、あれは何と言う?」

「羽毛」

「きみはまるで羽毛みたいな女性だ、とても軽い時もあれば、いっぺんに女性十人分の時もある、ぼくは半分の男だ。初めてドイツへ来た時、ぼくは四百マルク稼いだ。ぼくは二年アラビアへ帰らなかった。それから帰ったら、初めておばに平手打ちを食らった、ぼくが長くここにいすぎたと言ってね」

「わたしがあなたのおば様に手紙書いてあげる、あなたがアラビアに帰ったら、もう一発お見舞いしてくださいって」イブニ・アブドゥラーは笑った、「トルコの女性はたくさんセックスしたがる」

「なぜそんなこと言うの？」

「飢えてるからだ、ぼくが言ってるのは東洋人女性は皆ということだ、ヨーロッパの女性のように自由にセックスできないから、違うかい？」

「あなたのお母さんに手紙書くわ。あなたがアラビアに帰ったら、叩いてくださいって」

イブニ・アブドゥラーは笑って、言った、「八時から十二時まで、ぼくはまるで馬鹿みたいに机に向かって、ドイツ語を学んだ、それから昼食作って、それから公園で四十分走り、またドイツ語を勉強した、ぼくたちは神聖に愛し合えないか、それではだめかい？」

「身体同士が忘れたら、魂同士も忘れてしまうのじゃない？」

「ぼくは忘れない」

「黙ってる身体で、どうやって歩けというの？」

「だが、きみはじっさい文字の覚え悪くなってる」

わたしは言った、「文字をぜんぶ、ばらばらに引き裂いてやる」
イブニ・アブドゥラーは言った、「きみがそんなことしたら、ぼくは最初の湖に身投げする。ぼくは聖なる愛がほしい」イブニ・アブドゥラーはわたしの手を取って、言った。
「きみの悲しい手をぼくの心臓の上にかざしながら、
ぼくはきみの顔《かんばせ》の光を空にかける。
きみがこの世のいずこへ歩もうと、わがサルタンの妃よ、
この聖なる場所に、ぼくはひそかに顔つける」
そしてイブニ・アブドゥラーはわたしを閉じこめて、去った。

彼はいなくなった。彼の番人たち、彼の単語たちが部屋の中に立ってた、自分の脚の上にどっかり座ってるのもあった。舌が作った結び目を、歯はほどけない。部屋にいる彼の単語たちがはじめちょっとこわかったから、わたしは彼を神聖に愛します、と言った。書を学びつづけます、と。わたしはページを開いた。書の中で、一本の矢が弓から飛び出した。そこに心臓がある、矢が飛んで、心臓に刺さって止まった、女の片目がまつげをぱちぱちさせた。女はいまや盲目の女の目を持ってる、一羽の鳥が飛んで、矢の通った軌跡の

上で羽毛を失う。

わたしは学べなかった。わたしは中庭にいただれかに書の部屋の鍵を投げた、その人が扉開けてくれた。わたしははじめてこの部屋から出た。外の居酒屋で、最初のニュースを読んだ。「リオで長く路上に放置される死者たち——死体運搬車不足で」

わたしはちょうど四十日間、書の部屋にいた。わたしはわたしの身体の中のイブニ・アブドゥラーと一緒に、新聞を手に、高速道路《アウトバーン》のそばまで行った。そして文字たちを高速道路に投げた。

外国語では、言葉は子ども時代を持たない。

それからわたしは駅の慈善宿泊所へ行った。わたしはとても硬いベッドが必要だった。ベッドがひどく気になって、ベッドのことしか考えられないくらいに、願わくば刺してくる蚊や蚤《のみ》や虱《しらみ》も五十四匹いるといい。

修道女たちがわたしに紅茶をくれた、人々はトイレ行った、テーブル長い、灯りずっとついてて、とても明るい。

わたしはわたしの中にいるイブニ・アブドゥラーを気絶させたかった。わたしは食べなかった、飲まなかった。わたしはクーダム通りへ行って、アラビア人の数を一、二、三、と前からかぞえるのやめた、わたしは六十六から始める、後ろ向きに六十五、六十四、六

十三、六十二、六十一…ゼロまで。新しい女が一人、駅の慈善宿泊所に来た、別のベッドへ行って、女は眠る。

わたしの祖父がいつか言ってた、「リュズガラ・テュキュレン・ユズュネ・テュキュリュル」

風に唾せんとする者は、おのれの顔に唾する者なり。祖父はこうも言った、「デデシ・コルク・イェル、トルヌン・ディシ・カマシ」

まだ熟さぬ葡萄を祖父食えば、孫の歯なまくらになる。

また、こんなことも言ってた。

「この世には古い習慣がある、

宝を求める者は、竜に出会わなくてはならない。

恋人を求める者は、苦しみに耐えなくてはならない。

恋する女が愛を示せば、

女はまず、愛する男に試される。

女がよく苦しみに耐え忍ぶを見るなら、

男は愛の責め苦を軽くする。

されど女が苦しみによく耐えざるを見れば、

男は愛の木の下で女を独り寝させる」

わたしが初めてイブニ・アブドゥラーの扉の前に立った時、わたしは母の舌の単語を三つ持ってた。見る、人生の事故を経験する、労働者。わたしは祖父のとこへ帰ろうとした、わたしの母と、母の舌への道を見つけられるように。わたしは祖父に恋をした。わたしが愛を捕まえようとした単語たちは、みんな子ども時代を持ってた。

レブ——口
ドゥチャール——病におそわれる
マーズィ——過去
メディユーン——結ばれた
マイタップ——花火の玉
インキサル——呪い
ムズタリプ——心の苦痛ゆえの病
インキダート——崩壊
イクバル——恩寵

イヒティヤトゥキャル——慎重な
イヒヤ——よみがえらせる
イキャーメト——滞在
イキラム——歓待
ハスレト——憧れ
サブゥル——忍耐
ムサラータシュ——死者の石
ムスカ——魔法の呪文
エスラル——秘密
エヴハム——ばかげた空想
ミュジャメレ——国を越えた礼儀
ムーテナー——入念な
ムブレム——緊急に必要な
ムズマヒル——壊滅
ムヴァジェへ——対峙する
メルハメット——あわれみたまえ

スィーネ――胸

わたしはこの単語たちと一緒に駅の慈善宿泊所を出た。わたしは自分に言った、人生事故の経験者みたいに見える人を見かけたら、話しかけること。それは一人の少女だった、公園のベンチに座ってた、マスタード付きニンジンサラダを手に持って、泣いてた。

「どうして泣いてるんですか」

少女は言った、「トーマスが」

そしてマスタード付きニンジンサラダを最後まで食べた。「あたしは大丈夫」少女言った、わたしたちはふたりとも煙草吸った、少女は語った。

すごく天気のいい日だった、あたしが何したかって、あたしはお母さんと一緒に出かけたの、何したか覚えてない、とにかくほんとにちょっとしたこと。十二時に家帰った、彼は家で座ってた、彼はいつも家で座ってた、そうだ、思い出した、彼に水泳パンツをプレゼントしたんだった、彼はそれをはいてみてた。あたしは階段を上った、彼は下で、水泳パンツ姿でそこらをぴょんぴょん飛び跳ねてた。あたしは彼に言った、あたしをゴヤ展に迎えに来て、そしたら彼言った、ああ、ゴヤね。彼は来なかった。夜八時、まだ明るかった、ちょっと寒かったけど、気持ちよかった。あたしは家の庭に入った、部屋の窓は白い紙でふさいであった、あたしは彼がスケッチしたんだろうって思った。あたしはその瞬間うれしくなった、彼が迎えに来なかったことへの怒りは、きれいさっぱり消えてた。あたしはドア開けた、ドアには鍵かかってた。あたし思った、彼はやっぱりあたしを迎えに出たんだ、鍵開けた、そして開いたドアの前にそのまま立ってた、中は暗かった、すると彼が階段を降りてくるの見えた、彼が階段降りてくる、ってあたし思った、でもそれから、階段の手すりが彼の手前じゃなくて、彼の向こうにあるのに気づいた。それで次に思った、ああ、彼は飛び方をおぼえたんだ、だってあんなにしょっちゅう家にいたんだもの、ってあたし思った、とうとう飛び方をおぼえたんだ。なんて上手に飛ぶんだろう、ってあたし思った、それから彼の首の後ろの縄に気づいた、あたしは外へ飛び出した、最初に浮かんだ考えは、彼が死んじゃった、もういないんだ、いますぐだれかと寝なきゃ。あたし叫ぶ、助けて、警察、だけど窓は一つも開かなかった、そのうち途方に暮れた警官が二人来た。彼は自分でその縄をよったらしい、って警官があたしに報告した。彼は赤ワインの瓶を半分飲んで、煙草を四本吸って、床の上であたし宛ての手紙書いた、驚いたのは、箱の中にまだ四本煙草が残ってたの、マルボロが。どうして全部吸わなかったんだろ。彼がまだ生きてた頃、よくおばあちゃんちへ行ってたの、そこの掃除して、つまりおじいちゃんの部屋ってことだけど、貴族の侍従だった人で、よく家探ししてた、何か見つかるんじゃないかって。

「あなたはドイツで何してるんですか」少女がわたしにたずねた。わたしは言った、「わたしは言葉蒐集家なの」そしてイブニ・アブドゥラー、わたしの魂の中の魂、そう考えて、わたしは母の舌の単語をもう一つ思い出した。ルフ――「ルフは、魂の意味」わたしは少女に言った。「魂は、ルフっていうのね」少女は言った。

＊ スーパーマーケットの名前。

アラマニアのカラギョズ、ドイツの黒い目

昔々、一つの村があったとさ、村には井戸と緑色の塔《ミナレット》があって、そこから村の先生《ホッジャ》が一日五回、礼拝を呼びかけるエザンを歌った。この村に、一人の男とその妻が住んでた。妻は臨月を迎えてた。農夫はたいそう貧しかった。家には大きくてカラフルなベッド一つあって、二人はそこで一緒に寝た。ある夜、犬たちがけたたましく吠える中、身重の妻は夢を見た、夫が隣の家のリンゴの木からリンゴを盗もうとしてた。夫はリンゴに石投げた、リンゴに向かって口笛吹いた、けれどもリンゴは落ちてこなかった。夫は身重の妻の背にのぼって、リンゴ一つもぎとった。それを妻にあげた。自分の分をもう一つとろうとした、その瞬間、リンゴがいくつかバラバラ落ちてきた、そこへリンゴの木の持ち主がロバに乗ってあらわれ、農夫にたずねた、「おお、マーザラー！　マーザラー！　おまえはそこでいったい何してるんだ」農夫は答えた、「私は夜啼鳥《ナイチンゲール》ですよ。この木の上で歌ってるんです」リンゴの木の持ち主は言った、「歌ってみるがいい、わしが見てやろう」農夫が何か歌うと、持ち主は言った、「そんな夜啼鳥は見たことがないぞ。いったいどんな夜啼鳥なんだ」農夫は言った、「ええ、お隣さん、未熟な夜啼鳥はこんなふうに歌うんですよ」リンゴの木の持ち主は言った、「よろしい、わしの声も見事だぞ」そしてぬすっと農夫の父親のところへ行った。父親は胸にたかった虱《しらみ》をつぶしているところだった。リンゴの木の持ち主は、農夫を奴隷として父親から買うつもりだった。二人はこの取引を直接話さないで、ことわざで問答した。リンゴの木の持ち主は、ぬすっと農夫の父親にたずねた、「なあ、教えてくれ、兄弟よ、運命知らずのアフメドさんよ。あの木はわしのものか？」ぬすっと農夫の父親は答えた、「アッラー、アッラー！　あの木はこの世に生えてきてから、ずっとあんたのものさ」リンゴの木の持ち主は言った、「いいかね、兄弟、おまえの息子は悪魔の兵士だ。悪魔と一緒に雲に乗って、わしの雨を食ってしまうんだ」父親は話がわからないふりをして、あることわざを思いついた、「去年、わしは着物の襟に虱を一匹見つけたが、アッラーのために、そいつをそのままほうっておいた。ところがそいつはいまだに腹を減らしてるのさ」父親はひどく貧しいために、その着物は一匹の虱すら養ってやれない、と言いたいのだった。リンゴの木の持ち主は言った、「いいかね、家があるところには、かならず隣人もいる。いいかね、人間が人間を必要としないなら、アッラーはわしらを一つ山の上にお創りにはならなかっただろう」ぬすっと農夫の父親は、またことわざを思いついた、「一人の人間にどうすることができようか？　わしはあごのひげをいくらかとって、口ひげに足す。今度は口ひげをいくらかとって、あごひげに足す。だが足りん」父親は貧しくて、なけなしの金で暮らそうとさんざん苦労しているのに貧しいままだ、と言いたいのだった。いつもどこかしら裸のままなのだった。リンゴの木の持ち主は言った、「いいかね、おまえの尻が雷を鳴らさなければ、雨も降らんのだ」父親はもう、ことわざを思いつかなかった。リンゴの木の持ち主は、すぐに新しいことわざを思いついた、「いいかね、水車小屋へ散歩に行かぬ者は、小麦粉の中へ落っこちることもない」ぬすっと農夫の父親は言った、「いくらだ？」リンゴの木の持ち主は父親の脚に、一匹の羊を代金としてくくりつけた。

まだ隣人のリンゴの木に座ってたぬすっと農夫は、木の上から一部始終を見てた。父親はその値で息子をリンゴの木の持ち主に売ろうとしてた。ところがそこへ三人めの男が、バイクに乗って、これまたことわざたずさえてあらわれた。男は高利貸しだった。男は父親に言った、「まあお待ちなさい、アフメドの旦那、お待ちなさいって。こっちの言葉があっちの言葉をちょいとはじき、あっちの言葉があんたの尻を寒いところへはじき出すって寸法でさ」リンゴの木の持ち主は高利貸しに言った、「いいかね、右の手が左の手を洗い、両の手が隣人の顔を洗うというものだ」高利貸しは答えた、「砂漠には水も石鹸もありませんよ、メフメトの旦那」そして父親に向かって言った、「靴と石ころを交換しようってんですかい、アフメドの旦那。アラマニアってのをご存知ですか、アフメドの旦那」

高利貸しは父親にアラマニアという国のことを話して聞かせた。木の上の息子をアラマニアへやれば、父親は一人の息子でなく、あっという間に二十五人の息子を手に入れられるだろう、なぜならその異国では、金がこの村の二十五倍の価値を持つからだ。高利貸しは言った、

「一マルクは二十五リラ。

一人の息子が二十五人の息子になる。

一人の息子が二十五の畑になる」

父親は高利貸しにたずねた。「何がほしいんだ?」

高利貸しは言った、

「あんたの畑だ

そうしたらあんたの息子に金をやる

英雄がアラマニアへ行けるように

息子はじきにあんたに二十五の畑くれるだろう」

貧しい父親はちっぽけな土地を持ってた。高利貸しは、息子の旅に必要な金を父親にわたし、代わりにその土地をもらってった。

そして朝になった。農夫と身重の妻は目を覚ました。身重の妻の夢はそこで終わった。リンゴの木の持ち主も、父親も、バイクに乗った高利貸しの姿もなかった。別の農夫が二、三人、暖炉の前に座って、お茶飲んだり、鼻ほじったり、空を眺めたりしてた。彼らは待ってるのだった。身重の妻は村の井戸へ行って、顔を洗おうとした。そこには二人の年配の女がいた。一人の女が身重の妻に、自分の煙草を一息吸わせて言った、「さあさ吸いな、吸いな、そうすりゃ心の焦がれがとれて、あんたの心がまた元の場所におさまるから」そして自分の連れ合いも都会へ出稼ぎに行き、七年間帰ってこなかった話をした。

そこへ農夫の叔父がやって来た。叔父は身重の女の夢に出てきた父親に似てたが、あごひげがなかった。

じっさいはぬすっと農夫にすでに父はなく、この叔父がいるきりだった。叔父は農夫に杖と小さな包みをわたした、包みには旅用のパンとチーズがくるんであった。叔父はアラマニアの旅にそなえて、農夫のひげを剃ってやった。妻は水を汲みに行き、石鹸を取りに行き、タオルも取りに行かなくてはならなかった。妻は男たちのために走り回りながら、自分も少しばかり荷造りをした。夫が妻も連れてくと思ってたからだ。ところが農夫はロバを連れてくと言った。妻は村で、叔父の家に残らなくてはならなかった。妻はリンゴの木に登って、夫が二度と帰ってこられるかもわからぬ大きな旅に一人で出かけて行くことに抗議した。妻は夫と叔父の頭めがけて、リンゴの実を投げつけた、叔父は二十五人の甥がほしいばかりに、夫をアラマニアへ行かせるのだ。農夫は身重の妻に一匹のカメを贈った。妻は黙ってカメと一緒に木の上で、夫と他の男たちが村を去ってくのを見送った。彼らがみんな行ってしまうと、村はまるで死んだように見えた。

こうして農夫はロバと一緒に旅に出た。このロバはたいそう賢いロバだった、しゃべることができたからだ。それにとてもきれいな目をしてた。天気の良い日だった。お日さま輝き、コオロギ鳴いてた。農夫は喉が渇いた。農夫とロバは道端に甕を見つけ、そこから水を飲もうとしたが、甕は乾いてた。甕をさかさにすると、中から死んだ蛇と小石が転がり落ちた。その時、ふいに地面が口を開いた。半裸の男が、鋤《すき》で穴から土を掻き出していた。土と一緒に、小石と古代の甕が一つ吹っ飛んだ。半裸の男はひと言も言わなかった、宝探しの最中にしゃべったら、宝に足が生えて逃げられる思ってたからだ。

農夫は男に向かって叫んだ、「おーい、おーい」

宝探しの男は言った、「叫ぶんじゃない、邪魔だ、宝が怖がって逃げちまうじゃないか、この異端者め！　叫ぶな、異端者」

ロバは男に言った、「ほほう、あんた、宝の鑑定人かね？　あんたが見つけられるように、宝を失くしてくれたのはどこの誰だ」

宝掘りの男は言った、「異端者め、俺の幸運を邪魔しやがったな。宝は逃げちまった。おまえが追い払っちまったんだ。俺の宝を返せ」

農夫は言った、「おやじさん、まあそんなスズメみたいにピーチク騒ぎなさんな。俺だよ、俺があんたのお宝なんだよ」

農夫は半裸の男に、遠い豊かな国から、どんな宝も見つけてくれる機械を持って帰ると約束した。そうして農夫とロバはまた歩きはじめた。宝探しの男がうしろから罵った。一人のアメリカ人観光客がポラロイドカメラを持ってやってきて、宝探しの男の写真を撮った。そしてそこにある古い甕をトルコの思い出に持って帰ってよいか、男にたずねた。

観光客は言った、「プリーズ、アイ・ウッド・ライク・トゥ・テイク・イット・ウィズ・ミー」

宝掘りの男は言った。「テイクン《持ってけ》、テイクン《持ってけ》」

宝探しの男に異論はなかったが、どうして観光客というのはきまって汚い物が好きなのか、ふしぎに思った。

ロバはもう歩こうとしなかった、アラマニアへの道があまりに遠いと気づいたからだ。ロバは言った、「いくらおまえさんが速く叩いたって、これ以上速く歩きませんよ」農夫は言った、「ほら。あっちは素敵だぜ、ロバくん。ほら、人間みたいになりなよ、ほら、マイ・ハニー」効果なし。そこで農夫はロバを叩くぞと脅した。ロバはまた言った、「ごめんですね、道が遠すぎますよ」そこで農夫は言った、「よし、それなら何か話を聞かせてみろ、できるだけ長いやつをな、その間俺がおまえを背負ってやる。だがその後はまた俺を乗せてくれよ、そうすれば道が短くなるだろう」ロバは農夫にキスをして言った、「わたしはおまえさんの口に惚れましたよ」けれどもその瞬間、農夫はロバの背にひらりと飛び乗り、そのまま進もうとした。あやうくロバに振り落とされそうになりながら、農夫はなぞなぞを出した。

「俺はそいつを道端で買った。

その時は一つだった。

俺はそいつを家へ持ち帰った。

するとそいつは千になっていた。

それは何だ？」
農夫を乗せたロバは答えた、「虱でしょう」
「馬鹿者め」農夫は言った、「虱のはずがあるか？」ロバは答えた、
「ためしてごらんなさい、行って、虱を一匹買ってきなさい。
家でわたしが千匹に増やしてあげましょう」
農夫は言った、「よく考えろ、愚か者め！　一つおまえに歌をうたってやろう。
村からイスタンブールへ歩いてく者を
褒めたたえよ。
疥癬《かいせん》持ちの犬のところで、おまえさんはぐっすり眠る、
そこでよく確かめることだ」
そして二人は詩を作りはじめた。ロバは言った、
「ナイトキャップにするなら
菓子パンの紙でできた帽子がいいぞ
われらがロバくんの飼葉桶《かいばおけ》には
カラスムギと大麦たっぷりたのむぞ」
農夫は言った、

「ミートパイ食うなら
ニンニクどっさり入れるがいいぞ
そしたらデザートには
甘いカボチャが格別だ」
ロバは言った、
「天の御心は、悲嘆に次ぐ悲嘆を
わたしの魂の道に交差させた
涙で重いわたしの片目が
この身に起きたことを告げる、きみらに」
農夫は言った、
「ぶらりと市場へ　俺は行ったものだ
それでもアッラーはお赦しくださった　俺の行いを
足しげく通うたび、商人から
マジパンくすねてきたんだが」
ふたりは大いに楽しんで、次から次へと詩を詠んだ、あまりに盛り上がったので、いつの間にか、二人の楽人がフルートとバイオリンを奏でながらついてきてるのにも気づかな

かった。彼らは輿に乗ってて、もう一人見えないだれかがまぎれこんだのにも気づかなかった。この見えない三人めが言った、
「わしはだれに嘆けばよいのか、心よ
おまえはいつでもわしの苦労の種だった、おお心よ！
美男を見れば、おまえはたちまち躍り上がる。
いく千もの嘆きが　おまえの永遠の歌」
それはライオンだった。ライオンはレジ袋を持っていた。ライオンはレジ袋にむかって言った、
「みすぼらしい、せっかちな愚か者よ、さらば
わしはおまえがもっとましなものだと思ってた、おまえの運命を手に取れ、
見たか、過ぎたる勤勉は危険をはらむ、
おまえたち、手をよじるのをやめよ、黙れ、そこに座れ、
わしは押し入ろう、おまえたちの心に、
その心が人間という素材でできているのなら
惰性がそれを石と変え、
感情をふさぐ防壁となしていないのなら」

ライオンはレジ袋を地面に置くと、その隣に血吐いた、そして瓶からラク酒をがぶりと飲み、瓶とレジ袋をそこに置いて、立ち去った。農夫とロバがレジ袋の中を覗きこむと、中には骨と二十グロッシェンだけになった一人の人間が入ってた。コウモリが二匹、農夫とロバの頭上をひらひら舞ってた。フクロウ鳴いた。乾いた葉がカサカサ音立てた。風がうなり声をあげた。扉のきしむ音がした。そして地面から、墓石が二つにょきりと生えてきた、それにはたいそう心のこもった、センチメンタルな墓詩が刻まれてた。一つの墓石が、ラク酒の瓶から一口がぶりと飲んだ。墓石たちはロウソクを手に持ち、レジ袋の中の死んだ男を探した。一方の墓石が言った、「ちぇっ、こいつはいったいどこに肉を置いてきたんだ？　蟻どもががっかりするだろうて、かわいそうな蟻ども、かわいそうな男」

二つめの墓石が最初の墓石に向かって言った、「御免つかまつる」

そして骨人間に向かって言った、「おまえのアッラーはだれだ、おまえの信仰は何だ。おまえの預言者はだれだ。そもそも身体は洗ったのか。答えよ！」

最初の墓石が言った、「御免つかまつる。市公園の警備員オスマンから聞いたところによれば。これらの骨の名は、メメト・トゥルグト。リビアへ出稼ぎ行くため、許可を待ってたそうな。許可なかなか下りなかった。やつは待ちくたびれた、あまりにくたびれてて、ねぐらを求めてもぐりこんだのがライオンの園だったことにも気づかなかった。翌朝、やつはライオンどもに食われた。一頭は、終身刑を言い渡されたライオンだったそうな。警備員のオスマン言ってた」

二つの墓石には、この農夫がライオンに食われたのか、それとも自殺、すなわち人生に食われたのか、判断がつかなかった。二つめの墓石が言った、「いやはや、まこと、酔っ払いの阿呆、飲んだくれのオスマンなど放っておけ。ひょっとするとこの異端者は、自分で自分を食らったのかもしれぬぞ？　御免つかまつる、ここにライオンがおる。結構。ここに人間がおる。結構、それで人間がライオンのところへ行ったというなら、決まりだ。好むと好まざるとにかかわらず、やつは自ら行ったのだ。

よろしいか、やつは自らを食らったのだ。だが、ライオンがやつのところへ行ってやつを食らったのであれば、やつは自らを食らったのではない。

よって、自らの死の責を負わぬ者は、自らの生を縮めることもない」

こうした宗教問答ののち、墓石たちは喜んで自分たちの死の世界へ男を連れてった。彼らは言った、

「墓を掘るシャベルと鋤、

それに亜麻布の上っ張り

そうだ、それから穴だ、うんと深くて空っぽの穴が必要だよ、こんな客人には」

農夫はすばやく死者たちの帽子をくすねながら、旅というのはずいぶんいろいろな出来事に出くわすものだと思った。

暗くなった。

明るくなった。

農夫とロバはイスタンブールに着いた。ロバは農夫の肩車に乗ってた。農夫は脚が疲れたと文句を言った、もう自分の脚と思えないほどだった。けれどもロバはスルタンの宮殿の城壁を見て、農夫に言った、「見えますか、このスルタンの城壁を作るために、おまえさんのお祖父さんとわたしのお祖父さんは石を運んだんです。七年も村に帰らなかった。その頃からですよ、あなたのお祖母さんが煙草吸うようになったのは。スルタンは農民の一揆を恐れてた、仕立屋のことも怖がって、遠くからしか寸法を計らせなかった。だからスルタンは、いつも身体に合わない服を着てたそうです」ロバと農夫は親戚の家を探して、泊めてもらおう思った。その親戚の男は不法なスラム小屋を建てている最中だった。それらの小屋は「一夜家」、「ゲジェコンドゥ」と呼ばれてた、つまり一夜のうちに建ててしまわなければならない家ということだ、そうしてベッドを置いていったん住んでしまえば、警察ももう壊せないかもしれないからだ。

親戚の男は農夫に、どういう風の吹き回しでイスタンブールへ来たのか、たずねた。農夫はひどく疲れてた。ロバが代わりに答えた、「聞いたことありませんか。ドイツでは真珠の雨が降るんです。その真珠が一粒、こちらの旦那の伯父さんの耳に降ったもので、旦那はアラマニアへ真珠集めに行くことなったんです」ロバと農夫はベッドにたおれこんだ。明け方、二人は目を覚ました。頭の上に屋根はなく、塵の雨がぱらぱら降り注いでた。警察が家の半分を地ならししてしまってた。農夫とロバは、急いでドイツの職業斡旋所へ健康診断を受けに行かなければならなかった。親戚の男はまた新しい不法小屋を建てはじめながら、農夫に言った、「アラマニアから家を一つ、土産に頼むよ」

イスタンブールでは、あちこちの尖塔《ミナレット》から同時刻にエザンが聞こえてきた、車がクラクションを鳴らし、物売りが叫んでいた。アラマニアへ行けるかどうかの健康診断をしているドイツ職業斡旋所の入り口に、ひどく具合が悪そうな一人の男がいるのをロバが見つけた。この男は尿売りだった。

尿売りの男は言った、「今日はたったの九百リラ！　今日はたったの九百リラだよ！

さあさあ、持ってけ、持ってけ、持ってけ、持ってけ、無料《ただ》だよ。こいつは処女だよ、ほら持ってきな、使ってみな、今日は兄さんにはたったの九百リラだ、ミュンヘン行きの列車はここから出るよ」

客引き役の男が言った、「四百リラ」

尿売りが言った、「九百リラ」

客引き役が言った、「じゃあ五百でどうだ」

尿売りは言った。「こんな色、見たことあるかい、アリババ？」

「いや、見たことないね」

「あんたはめくらだ、アリババ」

「そんなめくらがベルリンに何の用があるってんだ？　アリババ。行くがいい、最初に見つけた木で首吊るがいい、アリババ」

客引き役が言った、「五百七十でいいだろ？」

尿売りが言った、「だめだね、まけられないよ。あんたの親父さんが来たって、まけるもんか。おいらは朝は早く起き、煙草も吸わなきゃ酒も飲まない。何のために？　あんたらのような間抜けのためだ」

ドイツへ行くためにドイツ職業斡旋所で尿検査を受ける農夫たちの中には、自分の尿ではドイツ行きの尿検査に受からない思って、この男に金を払って尿を買う者もあった。尿売りから尿を買ったある農夫は、ドイツ職業斡旋所にこっそり持ちこめるように、プラスチックのピストルに入った尿を受け取った。尿売りは尿が売れると、これまたひどく具合の悪そうなもう一人の男に声かけた。尿売りは男をドクトル・マブゼと呼んでた。ドクトル・マブゼはおめでたい農夫たちに言った、「さあいらっしゃい、虚弱体質の人も病人も、特製粉薬はいかが、のめばたちまち血はピカピカ、シッポはピンピン、頭スッキリ。お望みなら、七百リラだよ。もちろん無理強いなんかしないよ、兄弟」

農夫たちはドイツ職業斡旋所で健康診断受ける前に、この粉薬を買ってのんだ。われらが農夫も尿を買いそうになったが、ロバに救われた。農夫は中に入り、医師の診察を受けた。ドイツ人医師は診察の前に手を洗った。ドイツへ行きたい男たちは、カーテンのかげで放尿しなければならなかった。尿を買った男は、プラスチックのピストルから尿売りの尿をこっそりコップに入れた。医者は並んだコップ見ながら言った、「マル…バツ…バツ…マル」ある男は、コップの下に一枚の札を差しこんだ、すると医師は言った、「バ…マル」

ロバはこれを外から見て大笑いし、赤いカーネーションを口にくわえた隣の男の左脚をぽんと叩いた。叩いたロバの手はひどく痛んだ。ロバは男にたずねた、「あんたはどんな脚をしてるんです？」男は言った、「木の義足さ。左の運動をしているんだよ」義足の男はロバに赤いカーネーションと赤い本をプレゼントして、立ち去った。男はロバが知り合いになった最初の社会主義者だった。農夫は自慢げにロバのところへ戻って来た、農夫の尿はマル尿で、アラマニアへ行けることになったからだ。

農夫はロバに言った、「聞け、尿、マルだ」

農夫は書類に記入しなければならなかった。

氏：運命不知《サダメシラズ》
名：黒目《カラギョズ》
父親の生年月日：プラムの熟す頃に生まれたはず。

母親の少女名：ここで農夫は言った、「異教者め、頭がおかしいのか！　おれはお袋の父親か？　おれがお袋のゆりかごを揺らしたとでも？　ロバよ、おれのお袋の子どもの頃の名なんて知ってるか？」

ロバは言った、「書類をこっちへよこしなさい、眼鏡の紳士を探すとしましょう」

尿を買った別の男はアラマニアへ行けなかった、水鉄砲の尿がバツだったからだ。男は今度は自分の尿をコップに入れ、他の農夫たちに売ろうとした。男は農夫の尿をほしがった。「マル尿の兄弟よ、ちょっと分けてくれ」農夫は放尿し、歌った。

「俺がマルマラ海を渡った時
雨が後からついてきた
俺の恋人は長いドレス着てる
その裾はぬかるみにはまってる」
この時、村に残った農夫の身重の妻は、最初の子どもを授かった。妻は井戸端で赤子の体を洗った、ロバはそれを見て、アラマニアへ行くのを楽しみにしてる農夫に知らせた。
「ねえ、おまえさんの歌なぞだれも聞いちゃいませんよ。おまえさんの女房が屁をこいて、風を起こした、それがおまえさんの声をかき消してしまう。——おまえさんは女の子を授かりましたよ」農夫は赤ん坊のために子守唄を歌った。
「泣くな、わが子よ、泣くのをお止め
男のいない
家からは
子の泣く声を
聞かれちゃならぬ」
暗くなった。

明るくなった。

いまや彼らはドイツ扉の前にいた。この扉までの道は、くるんだ荷物やスーツケースで埋まってた。二人のトルコ女がいた。頭にスカーフを巻いてない女が、スカーフをしてる女に話してた、夫がドイツ女を見つけてすみかを変えてしまい、行方不明だと。スカーフありのトルコ女が助言した、「ドイツの警察がすぐに見つけてくれるでしょうよ。ええ、知ってますとも、男どもはアラマニアへ行くと、羽根が生えて、七面鳥になっちまう、そしていい匂いのするドイツ女が、いい女に思えてきちまうんだ」

スカーフなしのトルコ女が言った、「ドイツ女を見たことがあるけどね。髪に何度も何度もアイロンかけてさ。おっぱいを毎日こう高く縫い合わせるか、ぶら下げとくかするんだ。アッラーは万人にケツをお与えになったのに、ドイツ女ときたら、ケツで呼び鈴を鳴らすだけなんだ、ピンポーン、ピンポーン、ピンポーンってね」スカーフありのトルコ女が、スカーフなしの女に言った。「アッラーがあんたの旦那を呪ってくれますように、インシャラー、お行きなさい、旦那さんを警察に訴えて、臼歯《きゅうし》を抜いてもらうといい」

ドイツ扉の前では他にもトルコ人たちが待ってた。羊を連れた男、尖塔《ミナレット》を抱えた先生《ホッジャ》。ある不法労働者はサッカー選手に変装していた、そうすればドイツ行きの国境審査を通過できると思ったのだ。農夫とロバも待った。彼らは待って、待ちつづけた。ドイツ扉が開いて、すぐまた閉まった。一人の死んだトルコ人が、自分の棺桶を担いでやって来た。羊を連れた男が羊にたずねた、「葬式に行く時はどこを歩けばいいんだ。棺桶の前か。棺桶の後ろか」

死者が言った、「棺桶の前を歩こうが、後ろを歩こうがかまわん。棺桶の中だけはいかん」

農夫はロバにたずねた、「人はなぜあっちへ行ったり、こっちへ来たりするんだろう」ロバは答えた、「わたしが思うに、皆が同じ方向へ行ったら……この世が酔っ払って、ひっくり返っちまうからじゃないですか」

それからまたドイツ扉が開いて、金歯のトルコ人が一人出てきた。扉の前で待っている者たちは、男にたずねた、「アラマニアの天気はどうです、旦那《アガ》」金歯はどうすればすぐにアラマニアで金持ちになれるか、話して聞かせた。

金歯の男：

「おまえ、ウンコいいか——便通、毎日。

よし。おまえ、中入る、テント買う、公園立てる、真ん中ね。

ウンコする。オケー？

それで待つ。だれか来る。
訊く、何見えるか？
おまえ言う、マブツ、オブツ。
ほんとのこと言う。異教徒たち、いい人ね、異教徒ほんとのこと好き。
異教徒、訊く、マブツ？
おまえ答える、へい、マブツで。
いくらか？
おまえ言う、99ペニヒ。
異教徒、払う。
異教徒、中入る。
異教徒、外出る。
たくさん怒る。
それから違う男来る。
訊く。何、そこ、見えるか？
異教徒、言う、たくさん怒る。マブツ。
たくさん怒る人たち、いなくなる。

違う男、おまえに訊く、ほんとか？

おまえ言う、もちろん！

99ペニヒ、99ペニヒ。異教徒たくさん中入る。
99、99だよ。おまえ、たくさん重い金できる。
だけど大きい警察の許可、いるよ。

だめね、紙ない、だめね。

すごくいいマブツ、いる。

チュス、チュース、チュース。バイバイ同志よ」

金歯はカセット付きラジオのスイッチを入れた。歌が流れた、

「アラマニア、アラマニア、私はあなたにぞっこん。

私くらい頭のおかしい人なんか、ほかに見つかりゃしないから」

そして金歯は去った。人々はまたドイツ扉の前で待ちつづけた。皆だまりこくってる。

サッカー選手に化けた不法労働者が、ボールを転がしはじめた。それが羊を連れた男の癇に障った。男はサッカー選手に言った、「そこで何を飛び跳ねてるんだ？　おまえの女房をアラマニアへやれよ。女の方がはやく入れてもらえるぞ」それから羊に言った、「あいつは女房をどこへも行かせるもんか。自分が女房とやるつもりなんだ」スカーフなしの

トルコ女が言った、「あんたたちときたら、チンポを口にしないと、一日も生きられないの?」羊の男が言った。

「このアマめ、そっちへ行って、

おまえの首根っこをひっつかんで投げ飛ばして、

俺の重い踵で思い切り踏みつけてやろうか?

おいアマ、異教徒どものチンポをあっちの口にほおばりたいんじゃなかったら、両脚を切っちまって、家で大人しくしてただろうが」

スカーフありのトルコ女が答えた、「あんたの羊があんたの口に糞すりゃいいんだ、この野郎め。インシャラー、豚の肉を食らいな」農夫は諍いを終わらせようと、大きな声で本を読みはじめた。それはアラマニアへ行こうとしてる労働者のために、トルコ労働仲介所が出した本だった。本のタイトルは、外国へ働きに行く出稼ぎ労働者のためのハンドブック。中にはこう書かれてた。「親愛なる兄弟よ! ヨーロッパの便所はわが国と違い、椅子式です。上に立たないで、必ず座るように。清潔を保つため、水、葉、土、石を使わず、やわらかいトイレットペーパー使いましょう」

ロバがからかった、「またはだれかにケツを舐めてもらいましょう」農夫は先を読んだ、「小便をする時は、かならずフタを上げること。次の人がフタの上に座るからです」ロバがまたからかった、「労働者兄弟よ、バスと路面電車の中では鼻をほじらないこと。右にも左にもならず、病気にもならないこと。獣の屠殺方法は、国によって違います。まず獣を気絶させて、それから殺す国もあります。我らの信仰は、これを認めます。よって気兼ねなく何でも食べること」

ロバは羊を連れた男に向かって言った、「羊飼いは、異教徒が豚を殺したのと同じナイフで羊を殺さないように気をつけること。さもないと兄弟ムハンマドがお怒りになります」

羊を連れた男が言った、「俺がナイフを研いでる間は、まだどいつを餌食にするか決めてなかったが。けっこう、お前をロバの天国へ送ってやろう」

羊男はナイフを握りしめて、ロバに近づいた。農夫はロバを救おうと、羊男に言った、「おやじさん、コーランを聞かせておくれよ」

羊男はアラマニア扉の前で待ってたすべての者たちに、コーランを聞かせた。皆は男をぐるりと囲んで座り、耳傾けた。羊男は語った。天使ガブリエルがムハンマドの前に初めて姿を現した時のこと、最初のお告げがムハンマドの口から語られた時のこと。男はまた、ムスリムたちの間でワインが最初は禁じられてなかった話もした。アッラーはこう言われた、「信仰する者らよ、我らは汝らにナツメヤシの実とブドウを贈ろう。大いに食べ、飲み、腹を満たすがよい」ところがある時、アブドゥッラフマーンという男がワインをたらふく飲んだ後、信仰する者たちと祈ろうとしたが、高いドの音を抜かしてコーランを歌った。するとアッラーはムハンマドを通じてお告げを与えた、「信仰する者らよ、泥酔してる時は、まともに話せるようになるまで待つがよい」それからまた羊男は、マーリクという男が食事をふるまった時の話もした。人々は食べ、飲み、彼らの部族について詩を詠みはじめた。エブ・ヴァッカスという男の詠んだ詩が、マーリクをひどく立腹させた。するとマーリクの手下が、ラクダの骨でヴァッカスの頭をたたき割った。人々はムハンマドの元へ行き、こう言った、「おい、ムハンマドよ、頼むから、ワインについていい加減何とか言ってくれ」

　その時、ドイツ扉が開いた。二人の国境検査員が、羊男をパスポート審査に呼んだ。男は羊と一緒にドイツ扉を通ってよいことになった。男は去り際に言った、「ムハンマド言った、アッラーからお告げ来たと。ワイン、ダメね」

　羊男は去り、他の者たちはまた待たなければならなかった。農夫は外国人労働者ハンドブックのつづきを読んだ、「ヨーロッパ人はスカーフかぶらないよ。トルコの女がスカーフかぶると、ヨーロッパは好きじゃない。外国人労働者はスカーフないがいい。どうしてもスカーフほしいは、ヨーロッパ女みたいするといいよ」農夫はこれをわざと、そこで待っていたスカーフのトルコ女にむかって読み上げた。女は口を開き、そもそもスカーフは、ムハンマドの結婚式に来た客たちのせいで生まれたという話をした。ムハンマドが五番目の妻ザイナブを娶った時、客の男どもはなかなか帰らなかった。男どもは座りこみ、食べてはまた飲んだ。ムハンマドの妻たちは次から次へと料理を運ばなければならなかった。ムハンマドは恥じて何も言わなかったが、男どもは朝露が生まれてもなお恥じぬ有様だった。けれどもアッラーは、ムハンマドをお見捨てにならなかった。こうしてスカーフについての最初のお告げが来たのだった、「女たちは髪と胸と腹を他所者に見せてはいけない。それは女たちの飾りなのだから」

この時、国境検査員がスカーフの女をパスポート審査に呼んだ。ロバは女に向かって言った、「ムスリム女は走って行くといい。だが、地面をあまり強く蹴らないことだ。飾りが揺れて、男をそそのかすからね」

農夫はスカーフの女に言った、「姉妹よ、飾りは見せてもいいんだよ。あんたの旦那と、あんたの父親、旦那の父親、あんたの息子たち、旦那の息子たち、あんたの兄弟（そう言いながら農夫は自分を指さした）、甥っ子、それから男じゃない男たち、女のことを知らない子どもにはね」

スカーフの女は歩きながら言った、「飾りだのスカーフだのと、何のこった。わけがわからないね！　とにかくあたしはあたしのスカーフが大好きなの。ワタシ、ワカリマセン、トルコろうどうあっせん外国人労働者ハンドブックとやらが、あたしのスカーフに何の用があるってのさ」国境警察官は女に言った、「あなたの滞在許可は期限切れです。わかった？　おまえ、家帰る。オーケー？」女は言った、「あたし帰る？　あたし家とどまる。オーケーないよ。あたしの旦那、アラマニアいる、アラマニア女とやる、とどまる」女はアラマニア扉から引き返さなければならなかった。

ロバはつづきを読んだ、「文明人は殴り合い等を避けます。ヨーロッパはナイフやピストルが嫌い。親愛なる労働者諸君、ナイフやピストルを買わないように。ジャガイモ、米、冷凍の鶏肉はいつでも買ったり食べたりできます。たとえば、マフムート・タラク氏はドイツ人の恋人とビールを一杯飲みました。タラク氏とナイフは六年半の刑を受けました」

パスポート審査官が、サッカー選手に変装した不法労働者にたずねた、「パスポートをどうぞ。トルコ人ですか？」

サッカー男「テュルキュズ人」

旅券審査官は言った、「ドイツ連邦共和国へ？」

サッカー男「れんぽきょうこく」

「入国の目的は？」サッカー男はある有名なサッカーチームの名前を言った、「サカー、

サカー、フェネルバフチェ」[*1]パスポート審査官はたずねた、「招待試合ですか?」

「招待ないよ、仕事ないよ、フェネルバフチェ」

男はその場でサッカーを始めた。旅券審査官は言った、「もうけっこう、あなたは入国できません」

サッカー男はボールを追ってアラマニア扉を通り抜けようとしたが、ホイッスルが男をアラマニア扉から放り出した。


暗くなった。

明るくなった。

二、三カ月が過ぎた。農夫はアラマニア扉から出てきた。道路掃除人の制服を着てた。突然、彼は村に置いてきた妻が恋しくてたまらなくなった。道路掃除人の制服を脱いで、ロバに言った。行かないと。ロバは男の上着をくわえて言った、「わたしも行きます、わたしも妻に会いたい」農夫は言った、「おまえは阿呆になったか、ロバの息子よ? よく聞け。明日マイストロが寮に来て、病人はどこだと訊いたら、おまえは俺の布団をかぶってぶるぶる震えて答えるんだ、いま大汗をかいてるとこです、大汗かいてます、とな。さあ行かなきゃ。俺のシュガー、俺の薔薇の花」農夫はトルコへ向かった。C&A[*2]の袋が農夫と一緒に行った。ロバは農夫のために詩を詠んだ。

「恋の病に
薬は無用
望みのない病人を
医者にかけて苦しめるには及ばない
鶏たちに伝えてくれ、わたしからよろしくと
最初の枝で、そろって首を吊るがいいと」

そしてロバは座りこみ、あれこれ思索を始めた、というのもロバは無職になってから、ずいぶん本を読んだからだ。

「鶏たちは、気が向けば、卵を産む。それから……何というか、そうだ雨か、いやそれとも、何か別の物質だったかな？　ああ雪だ！　雪が降ると、まったく産まない。一日六個卵を産まぬとなると、そこで鶏は絞首台送りとなる。照明オン、照明オフ、照明オン……ここでは人間は利口で、獣は阿呆。わたしたちのところでは、獣が利口で、人間が阿呆」

ロバは煙草を吸った、銘柄は「ラクダ《キャメル》」

「金もここでは利口だ。ちゃんと身の置き所をわきまえてる。財布の中だ。——ここの人間は、財布をまるで神聖な書物のように扱う。金はまるで処女マリアみたいに拝まれる。だが、うちじゃ金はポケットの中ときまってる。
金を払う時は、ポケットをまさぐる、まさぐるうちに、自分のタマをつかんじまう時だってある。うちの方じゃ金はぼろぼろのくしゃくしゃ、古物店で長く寝かした靴下みたいに臭う、だれかが恋の詩か、電話番号を書きつけてあることもある。
だが、人間がもっと速く殴ったからといって
どうしてロバはもっと速く歩かないのか
またはこうだ、故郷の人間たちは異郷へ来て、
その仕事によって名誉や地位を得た。
故郷では、どんなロバでもやってることだ。
まあ見てみよう」
ロバは赤ワインを飲んだ。
「わたしの二十五人農夫はバスに乗る、寮と工場の間、それで毎日どこで降りるか、メモしてある、なのに降りる場所を間違える。なぜか？『停留所』とメモしたからだ。マイ・ハニー。

つまりわたしたちは、見たり聞いたりして知覚したことをすべて、同時に理解もできると認めるべきなのだろうか？　たとえば、わたしたちが習ったことのない言葉で話す外国人がいたとする。彼らが話したら、わたしたちはそれが聞こえること自体を否定すべきか？　それとも、ただ聞こえるだけじゃなく、彼らが言っていることも理解できると言うべきなのか？　同様に、わたしたちがいまだ文字を知らないで、そこに目を向けたとする。その場合、その文字は見えないと主張すべきか、それとも、見えるから理解もできる、と言うべきか？」

そこへサングラスをかけた外国人労働者がやって来た、男はロバにたずねた。

「素晴らしい――わが師《ラビ》――ソクラテスよ。

あんた、俺に教える、

売春宿、どこか？」

すでに酔っ払ってたロバは言った、

「おまえ行く、役所」

外国人労働者は言った、

「役所ないよ、売春宿だよ」

ロバは言った、

「そうとも、おまえ行く、役所。役所の裏、売春宿ある」

やがて農夫がトルコから戻って来た。妻を肩車していた。農夫は酔っ払ったロバを見て、たずねた、「元気か、どんな調子だ、マイストロ、え、どうした？」

ロバは言った、「別に何も。左の運動の中にいるだけだ」

ロバは農夫の妻に、子どもはどうしたとたずねた。自分の母親の村に置いてきた、と妻は言った。アラマニア扉で、パスポートにスタンプ押してもらった。旅行者、滞在許可三カ月。アラマニア扉閉まり、すぐまた開いた。農夫の妻が出てきた。妻は妊娠してた、トルコの方へ歩いて行きながら言った、「あたし我慢する無理、ドイツ」それからまたトルコからアラマニア扉の方へ歩いてきた。今度はもう臨月で、最初の赤ん坊を腕に抱えてた。妻は言った、「あたし我慢する無理、トルコ」妻はドイツ扉の前に立って、大声で夫を呼んだ。ドイツは騒々しかった。夫は鉱夫として働いてた。妻は叫んだ、「こっち来て、話があるの」農夫は大きな声で叫んだ、「行かれない、おまえがこっちへ来い」妻は叫んだ、「無理」農夫はドイツから新しい靴一足とスカーフを投げて、ロバに言った、「あいつと話してくれ、俺はまだ働かないと」ロバはドイツ扉のところで、家の鍵を見せた。これは重要だった、というのも、これまで農夫は自分の部屋を持っていなかったからだ。農夫の妻が前回ドイツに来た時は、二人はずっと、親切なトルコ人かドイツ人の家に泊めてもらってた。農夫の妻は靴を履き、スカーフをかぶると、赤ん坊を腕に抱き、大きなお腹を抱えてドイツに入った。妻は夫に、夫の伯父が彼女と村で何かしたと言った。農夫は妻に訊いた。

「伯父さんが何をしたって?」

「あたしにシィーッしたの」

「何をしたんだ?」

妻は話した。妻は農夫の伯父とその妻と一緒に、村のリンゴ農園で一日働いた。このリンゴ農園のために、農夫は叔父にドイツからマルクを送金していたのだった。妻はある日、伯父の妻よりずっとたくさん働いた。それで伯父の妻といさかいになった。そこへ伯父が来て、自分の妻を叩いた。

「それから五日後のこと——あたしはサクランボ食べてるとこだった——そこへ伯父さんが来て、同じ木からサクランボを食べはじめた。伯父さんはあたしに言った、わしはおまえのために女房を叩いたんだ、女房のやつ、わしをベッドに入れてくれん。だからわしは女が必要になったら、月に一度町へ行かねばならん。バス代と女にかかる金を払ってくれ」妻は農夫に言った、「あたしのあわれな頭じゃ、意味わからない、あんたの伯父さんはどうしたいの？」

農夫はひどく落ち着かなくなった、そして急に鼻血を出した。それでも妻にはこう答えた、「伯父さんはちょっとおしゃべりなんだよ、ほかに意味なんかあるわけないだろう」

ロバはこの場を救おうとして言った、「こっちの言葉があっちの言葉をはじき、あっちの言葉がケツを寒いところへはじき出す、さあ、ベッドに入らないと」

そしてドイツ扉がふたたび開いた。農夫の妻が二人の赤ん坊を連れて、また大きなお腹で出てきた。片方の目がぶたれて青くなってた。妻はトルコの方へ歩き出した、赤ん坊たちに乳を飲ませながら言った、「あの人、あたしのこと愛してない。昔のあの人、知ってますか？　あたしもうあの人見えない、あの人散歩行く、幽霊と、こうやって手と手つないで。あの人、あたしのこと迎え来てくれた、あの時。たぶん冬と思う。夏じゃなかった。雨降ってた。そう、昼じゃなかった。お日様なかった。タクシー乗った。あの人たち言った、『ここ、部屋ね』あたしたち中入って、そこにこう立ってた、そしたらあたしの心、すごくチリチリ鳴ったよ。あの人たち、どうしたらこんなとこで暮らせるだろう、思ったよ。あの人に言わなかったけど。それから夜なった。寝た。次の日、あの人仕事行った、あたしたち部屋ひとりぼっち……娘泣く。あたし言う、『アイシェちゃん、母さんの頭あげるから、代わりに。泣かないで』あの人一回か二回か、散歩連れてってくれた。その時、自動車見た。あの人言った、『俺作る、自動車、俺作る、自動車』あたし言った、『きっとあんた、自動車ぶつかるよ』あたし言えるよ、なぜか。あの人、自動車のためザンギョするると、部屋帰ってきて、あたしもお母さんから生まれた人と考えない。あの人、あたしたちぶった、いつもいつも。あの人、アッラーのためにはいい人、煙草吸わない、お酒飲まない、けど、なんで伯父さんにお金送るの？ あたし、一度出かけた。隣の人言った、駅に大きなデパトたくさんあるよ。娘一緒連れてった、でもすぐ暗くなった。娘泣く……そしたらアッラー、あたしに教会教えてくれた。教会、こんな音する、ゴーンゴーン、カンカン。あたし、知ってる。壊れた教会。教会まで歩いた。教会からまた部屋見つけた。朝露から星来るまで、あたしずっと部屋でごろごろするだけ、目見えないカバみたいね。あたしよく考える、アッラーがあたしたち埋めたんだって、あたしたちきっと、たくさん罪あるから、けどあたし、何した？ 煙草吸った？ 人間て何？ 人間は、湿った土いっぱいのった皿。どこか放り投げられたら、そこにあたしたちとどまるだけ。だけどあたしできない。わからない。あたしすごくちっちゃかった頃、おばあちゃんと一緒に、空色の目のアイシェと一緒に、コーランの、ページの間に、ムハンマドのまつげ探した。おばあちゃん言った、『ムハンマドたくさん泣いた、人間のため、だからムハンマドのまつげ、雨みたい降ったんだよ』それ本当のこと。あの頃あたし、震えるだけだった。あたしの旦那、どうしちゃっただろう？　あたし左見る、あたし右見る。ひとりでしゃべってる、頭、下痢ね。たとえばロバ、そうじゃない。あれ、利口。鍋ぎゅうぎゅう詰まったパプリカみたいに。じっと部屋なんかいない。自分で息吸える。ああ、あたしどうしたら。おばあちゃん言ってた、『人間は鳥。おまえ目開ける、おまえここにいる。目閉じる、おまえあっちいる』さよなら、アラマニア！」

妻が去っていくのを、農夫はドイツ扉から見送った。農夫は帰れなかった、なぜならエアハンマーを使って道路で働いてたから。農夫は妻の方に向かって言った、「ああ、ああ、行くがいい。俺は思ってたんだがな、自分が前輪だと。前輪の行く所へ、後輪もついてくるものじゃないのか？　俺はそう思う、だがかみさんは、自分で手綱を握るんだとさ。あいつのやり方ときたら、口の中に舌を持たない男としちゃ、頭がおかしくなる。ほっといてくれ、ロバよ」

ロバは言う、「おまえさんの汗を拭いてあげようとしただけですよ。汗びっしょりじゃありませんか」

農夫は言った、

「このまま汗を出しつくさせてくれ、そうして俺なんかなくなっちまえばいいんだ」

「仕事をつづけるんですよ！」

「俺は村へ行かなくちゃ。かみさんがなぜ叔父さんと同じ木のサクランボを食べたのか。確かめてやる、復讐だ」

ロバは言った、

「おお、息子よ、復讐って何のことです？　おまえさんは休みをとれない、クリスマスまで待つんですよ」

「いや、今行く」

「ラク酒をお飲みなさい、胸騒ぎを殺してくれますよ」

「もう落ち着いてなんかいられない」

「じゃあおやめなさい」

「何を？」

「落ち着こうとするのを」

「来い、クリスマス、来い、絶対に確かめなくちゃ」

「何を」

「伯父さんが先に桜の木の下にいて、その叔父さんのとこへかみさんが行ったのか。それともかみさんが先に桜の木の下にいて、伯父さんがそこへ行ったのか。たとえばそこに桜の木があってだな、それでそこにかみさんがいて、それから……」

「クリスマスが来ましたよ」ロバが言った。
ドイツの親方《マイスター》が来て、言った、「メリークリスマス、このシャンパンは会社からプレゼントだ、ガチョウもな」農夫はたずねた、「どうして泣いてるんですか、親方」親方は言った。「わしら百人の男たち、全員クビだ。おまえさん行くスタンプもらう、わし行くスタンプもらう。あばよ、同志《コレーガ》」

休暇、クリスマス、おおモミの木。

駅。
列車が出発する、列車が到着する。ライトアップしたクリスマスツリーがあった。休暇に出かける外国人労働者たちが群れになって立ち、同時にしゃべってた。休暇をもらうために、ハンマーで自分の指を打って砕いた者も何人かいた。皆、アラマニアで買った物をどこかに隠してた、自分の国へこっそり持ち帰るためだ。教会の鐘が鳴る、「きよしこのよる」のデパートの音楽が繰り返しえんえんと流れる。外国人労働者は夏のスーツを着てる。雪が降ってる。サンタクロースが彼らに安物の時計をプレゼントする。彼らの靴は濡れてる。服の襟は立ててある。彼らはスーツケースをたずさえてる、会社からプレゼントされたクリスマスのガチョウと、シャンパンの瓶。サンタクロースがツリーのそばに立ち、プラスチックの皿に盛ったグーラシュスープを外国人労働者たちに配る。農夫とロバもそこにいる。

トルコ人たちは、ドイツ語混じりのトルコ語で話してた、たとえば職業安定所、税務署、給与所得税算出票、職業学校という単語はトルコ語になかったからだ。そこに立ってた一人の外国人労働者が言った、

「ソンラ通訳ゲルディ。親方コヌストゥ。ブウ給与所得税カイベトミシュ・デディ。税務署チョク・フェナ・デディ。給与所得税ヨク。ボンボク。児童手当ファラン・アラマズスン。ヨク。滞在ダ・ヨク。外事警察ヴェルミヨル。住宅局ダ・ヨク・ディィヨル。職業安定所ダ許可ヴェルメディィ。ベン・オーラヌ職業学校イェ・ギョンデリヨルム。チョク糞ブウ。セン病気ミ・チュクタン」

別の外国人労働者が言った、

「病院ダ先生ラ・ガヴガ・エティィム。ニルデ疾病証明イン・デディィ。ヤフ、先生、ベン病気ム。ヤフ病気ギョルミュヨルム。ヨク疾病証明ヨク――パラ・ヨク。ヤフ、先生、デディィム。工場ヨラル休暇ギディィヨルム、ほーむしっくファラン・デディィム。先生、病気ないよ。健康証明ヤプティィ。ヴェルいい紙、ウラン、悪い紙ないよデディィム。ベン休暇ギデ

イヨルム・デディム」
農夫とロバも駅に立ってた。農夫は列車でトルコへ帰れなくなった、失業したので、仕事を探さなくてはならなかった。一度ドイツ扉を出てしまえば、もう二度と同じ扉を通って入国できないかもしれない。農夫はその時ふいに、ドイツ扉の前でサッカー選手に変装してた男を見つけた。男は手錠をかけられ、その手錠はドイツ人警察官とつながってた。男は警察官と一緒に、オリエント列車に乗せられて国外追放されるのを待ってるところだった。列車は遅れてた。農夫はたずねた、「おい、おやじさんよ、俺の目はあんたをどこかで嚙んだようだ。だが、どこでだったか?」それは、どこかで見覚えがあるという意味だった。サッカー男は答えた。「サカー、サカー」それで農夫は思い出して言った、「聞かせてくださいよ、ドイツ扉ではじかれた後、どうしてたんです」

「ユーゴスラビア・タクシー、連れてく、おれら、イタリアまで。国境。全員で百マルクね。りょーかい《ダコール》。タクシー運転手言った、『タクシー壊れた。あんたら三歩も歩きゃあ、どっちみち国境だよ』歩け、アッラー、歩け。イタリア警察言った、『ピアノ、ピアノ』イタリア警官、おれら二百マルク渡す。イタリア、はじめ言った、受け取らない。おれら言った、『とっときな、プレゼントだ。あんたの子どもでも奥さんでも、両親でも、ばあさんでもいい、何かプレゼントしな、おれらから』それで警官どこ行った、もういないよ。

そいつの手があるだけ。壁のうしろに、こんな手あるね。さあ歩け、イタリア、歩け。おれらフランス行きたかった、切符買った、言った、『フランサ、フランサ』駅員言った、『よし、フィレンツェ、フィレンツェ』さあ走れ、アッラー、走れ。橋たくさん、アッラー、綺麗だ。おれら言った、『フランサ、フランサ』イタリア人言った、『違うよ、フィレンツェ、フィレンツェ』おれら降りて、考えた。フランサやめだ。どこか近くの街行こう、ミュンヘンだ」

サッカー男はミュンヘンで、ドイツ人農家のために闇労働でリンゴを収穫した。

ロバは言った、「それで?」

サッカー男は言った、

「それでリンゴ赤くなる、

トルコ人黒くなる。

育て、アッラー、育て。

もげ、リンゴ、もげ。

おれの生活、リンゴになったよ、兄弟。夜中、甘い眠りから覚めると、そこは自動車墓場」

農夫はたずねた、「オペルの墓場かい?」

サッカー男「フォルクースワゲン墓場ね。おまえ、リンゴはリンゴと話す、思うだろ。違うね。サツだ。走れ、アッラー、走れ。合言葉ね。仲間がリンゴ言う、隠れてろ。ナシ言う、安全ね」

他の者たちはじっと耳を傾け、サッカー男を慰めようとした。本当はだれもが悩みを抱えてるのだった。彼らは悲しい気分になって、手近な物や楽器で音楽を奏ではじめた、そうしながら互いに帽子を交換したり、ひどく間違ったドイツ語でアラマニアの詩を作ったりした、そうやって彼らは悲しみを生きのびた。

サッカー男「おお、ミュンヘン、おまえ、おれの緑のマント、いつも買い物行くマント」

農夫「おお、ボーフム、おまえはどうやって顔洗ったんだ」

サッカー男「そしたら血出たよ王様、ルートヴィヒ二世、鼻から」

ロバ「男どもは小鉢に二つ卵を持ってる……」

農夫「そしておれの伯父さんは女房をぶった」

あるトルコ女「おおぜいの王様が、最後に村作った」

農夫「王様通り《ケーニヒアレー》、王様通り」

ロバ「皆《アレ》が王様《ケーニヒ》さ」

あるトルコ男「おいらは大酒飲み。

イスタンブールっ子さ。

カシャ、カシャ。カネ機械。

機械がおいらのカネをまきあげる。

機械。

儲け。

損。

オッケーね」

そこへドイツ人が一人来た、トルコファンの男で、いろんな物を使って駅で音楽を奏でるトルコ人たちを見て、自分も同じように太鼓をたたきはじめ、トルコ人のために詩を作った、

「黒い月の髪、
ドイツ・ドイツした空の下、
白いトルコ馬が駆ける。

ええ、私にもトルコ人の知り合いがいましてね、シュレイマン・ウファクという名です。

とても小さい男でね、こんなに小さいんですよ。まだよく覚えてます、機械工で、私の義父の仕事仲間でした。うちに来て、居間に座って、一緒にテレビを見たものです。一度、奥さんも一緒に来たことがありました。旅行でね。うちの居間のカウチで寝てもらったんです。そうしたら二人でやって、やりまくってね、あんまりすごいんで、おいぼれ義父が起き出して言ったんですよ、『いい加減にしろ。寝られやしない』頭がおかしくなるかと思いましたよ。彼はその後、私の母とも関係を持ちましてね。ほとんどカップルみたいでした。とてもいい奴で。ある日、私にこんな水槽をプレゼントしてくれました。ところで、あんたたちの国では、ウンコをした後、水でケツを洗わないんでしょう。やっぱりね、知ってますよ。彼が話してくれたから。私はいつも洗う。まず洗って、それから乾かすんだ。一日洗わないと、ここがすっかり赤くなっちゃうからね。ケツ用のタオルと、足用のを持ってるんです。顔と体用にも、もちろん別のタオルを持ってますよ」

オリエント列車が到着した。全員が乗りこむ、農夫とロバをのぞいて。

暗くなった。

明るくなった。

何年も、何年も過ぎた。

農夫はロバと一緒にアラマニアから帰って来た。農夫はまるで別人になってた。顔の半分は麻痺してた、ファシストのトルコ人たちに殴られたからだ。美しい髪の代わりに、今は丸坊主になってた。

農夫は眼鏡をかけ、書類鞄を持ち、紺色のスーツを着てた。頭には包帯が巻かれてた。ロバは農夫の古い持ち物を運んでた、綺麗な赤いチョッキも着てた。ロバの鼻は、酒飲みの赤い鼻になってた。背中にどっさりお土産を乗せてた。税関職員が犬を連れてやって来た。犬がくんくん匂いを嗅ぎ、税関職員はトランシーバーに向かって言った、「カリン、アントン、リヒャルト、アントン、グスタフ、オットー、エーミール、ツェッペリン、ジークフリート、シーザー、ハインリヒ、イダ、シーザー、カーラ、ジークフリート[*3]、ピー、ピー。開けなさい、中を確認する」

税関職員は農夫の頭の包帯を調べはじめた。

ロバは税関職員に言った、「頭を元に戻すか、そのままにしといてやってください。ここに医者の診断書がありますから」

税関職員は言った、「問答無用。私は職務を果たしてるだけだ」

検査は七分かかった。農夫はその間、痛みに耐えなければならなかった。検査が済むと、ロバは農夫の頭に元通り包帯を巻いてやりながら、カール・マルクスの労働についての言葉を引いて、彼を慰めた、というのもロバはたいへん読書家になってたのだ、「社会の真の富と、その再生産過程のたえざる発展の可能性とは、剰余労働時間の長さではなく、その生産性と、その労働が行われる生産条件の充実度合によって決まる……」

農夫は税関職員の方に向かって独り言を言った、「俺の答えはこうです、最愛の御方、もし頭がそんなに悪い危険な代物なら、さっさと切り落としちまったらどうなんです？硫黄の火で燃やしちまえばいいんだ、最愛の御方、そうでしょう。勝たせてあげますとも。ねえ、最愛の御方。あんた方は毎日新しい負け戦を……勝利を探していなさるんだ、最愛の御方！」

ロバは引き続き、マルクスの言葉で農夫を慰めようとした、「自由の王国はじっさい、困窮と外的合目的性により規定される労働が終わる時にようやく始まる、それはすなわちその本質上、本来の物質的生産の領域を超えたところに存する。未開人が自らの欲求を満たし、生命を維持し再生産するために自然と格闘しなければならないように、文明人もまた同じことを、あらゆる社会形態、あらゆる生産方法でなさねばならない」

農夫はロバの言うことなど聞いてなかった。妻のことを考えてた。農夫は言った、「ねえ最愛の御方、俺の最愛の女房もいい剣を持ってましてね。もう二年会ってませんが。女房のおっぱいにはさまれて寝ると、やっぱり女房の勝ちでよくなっちまうんです。俺の家はまだ出来上がってません。俺のリンゴ園もまだ。俺が金を送らなかったからです。俺のかわいい女房が言ったそうです、親戚のやつらが手紙で知らせてくれたんですがね、あたしが一回ウィンクすりゃ、農夫が五十人来るわ、って」

農夫は悪いトルコ人によって頭に傷を負っただけでなく、心にも、自分の妻によって傷を負ってた。農夫は忘れられなかった、自分がアラマニアで鉱夫として働いてた頃、妻が村で伯父と一緒に同じ木のサクランボを食べたという話を。農夫は大声で泣きながら、傷んだ頭を壁に打ちつけて、その苦悩をあらわした。ロバはまた慰めようとして、農夫のひげを剃ってやった。何にもならなかった。それでロバは腹踊り《ベリーダンス》のカセットテープをデッキに入れて、農夫のために腹踊りを始めた。それに農夫はそそられて言った、「おまえのせいで立っちまった、ロバさんよ、なだめてくれ」二人はアラマニアで、農夫にドイツ人の恋人を見つけるために、ありとあらゆる手を試したことを語りはじめた。二人はドイツ語の女教師を募集する広告を出した。農夫は長い金髪の、聖母マリア顔の先生がいいと思った。彼は内気そうな先生を選んだ。農夫は彼女にお行儀のいい人間と思われたかったが、同時に男としても意識してほしかった。農夫は自分のことを政治にかぶれさせたトルコ人学生に、どうすればいいか相談した。学生は農夫に双子の帽子、つまりブラジャーを買えと助言した。そのブラジャーを枕の下に隠しておけと。ただし、ブラジャーの半分はベッドからぶら下げとくこと、農夫が女好きだとその先生が思うように。農夫は双子の帽子を買って、双子の片方を枕の下に入れ、もう片方をベッドからぶら下がるようにした。けれども先生が部屋に入る直前に、農夫は帽子を二つとも枕の下に隠してしまった、とても内気だったのだ。それから農夫は学生にもう一度助言を求めた、どうしよう？　学生は答えて言った、「高い香水を買って、部屋にスプレーしとくんだ、先生が来る直前にな」

農夫は高い女性用香水を買って、部屋にスプレーしたが、先生が来る直前になって、窓を開けた。授業中に何度も何度もため息をつく農夫に、先生はたびたびたずねた、「どうしたの？」農夫は答えた、「ホームシックです！」

農夫は語った、「次に俺、広告出した、求むダンスの先生。ギゼラ・シュミット。美人。その娘言った、『あなた私呼ぶ、ギラ。私あなた呼ぶ、カリね！』俺、週二回ギゼラとこ行った。

一、二、ギラ、俺とすごく離れて踊る。

三、だけど俺、くっついて踊りたい。

四、くっつきすぎ。

ギラ言った、『お行儀よくしてね』

おれ誓う、よくすると。
五、俺の手すべった、ギラの裏庭。
六、ギラ、俺追い出す」
二人は話しているうちに苦悩を忘れて、タンゴを踊りながら村に着いた。村にはあいかわらず井戸があった。しかし、そこには籠いっぱいのリンゴもあった。このリンゴは農夫のものだった。自分のリンゴは美味かった。そこへ農夫の妻が、別の籠いっぱいのリンゴを抱えて来た。妻は夫にリンゴを差し出した。農夫は断ったが、ロバはリンゴをとった、そして皆が床に就いた。ロバ小屋にはロウソクが灯された。ロバはそこに座り、ロバの妻はそのドイツ疲れした背中を掻いてやった。ロバは赤ワインを飲んだ。ロバの妻はたずねた、「どう、少しは良くなった?」
ロバ「だいぶいいよ、こっちも少し掻いておくれ」
ロバ妻「向こうにも虱はいるの?」
ロバ「もちろん、虱は未来ある生き物だよ」
ロバ妻「そんなこと、ここではだれも信じないわ」
ロバ「まさにそれを虱もわかってるのさ。ため息をつくのはおよし、そうしたら何か面白い話をしてあげよう」ロバは妻に、ドイツでどんなことをしたか話して聞かせた。農夫の恋人を見つけるために、いくつ広告を出したか。農夫の友達の学生が、こんな広告を出せと助言したこと、「こちら既婚男性。妻をとても愛してます。一晩に二三回、妻がもう無理と言うまでセックスしますが、私はまだ欲求不満です。同じ悩みを抱える既婚女性求む。当方既婚者のため、貴女は心配無用。秘密厳守。妻や夫の限界から始めませんか」ロバはさらに、ある朝農夫が気ちがいのようになって、まだ眠っていたロバを起こしに来たことを話した。農夫のもとに広告の返事が来たのだ。農夫は震えながら言った、「警察だ。警察に俺らを引き渡すって」手紙にはこう書いてあった、「用心しろ、友よ、次はおまえの手紙を警部に送る」手紙には、ドイツの有名な刑事ドラマの警部の写真も入れてあった。ロバがロバ小屋で妻に何もかも話して聞かせてると、農夫が裸で、しかし書類鞄を鎖で手にくくりつけた格好で、ロバたちのわきを通り過ぎ、井戸へ行って体を洗った。ロバの妻は、書類鞄の中に何が入っているのか、どうしても知りたがった。ロバはだまっていたが、妻はあきらめなかった。ロバは詩を詠んでごまかそうとした、

「生粋のベルリンっ子はベルリン製。
生粋のトルコ人はクロイツベルク製。
生粋のパリっ子はゴム製と来てる」
けれどもロバの妻は言った、「カバン、カバン！」

ロバは妻に真実を語るしかなかった、「ようするに、農夫はあの書類鞄を買って、女を見つけた時にそなえて、コンドームとセックスクリームを中に入れたのさ。ある時、農夫は政治集会のためにブラウンシュヴァイクへ行くことになった。農夫は行って、出先から手紙をよこした、『左の学生たちの依頼で、ベルリンへ行くことになった。俺の鞄をベルリンの学生運動本部宛に送ってくれ』わたしはカバンをベルリンへ送った。ところが農夫はその時、別の町へ行ってた。学生たちは鞄を開けて、中身を売り払ってしまった、その金は政治活動資金に回された」


暗くなった。

明るくなった。


雄鶏が鳴いた。

トルコの村はアラマニア土産を受け取った。

尖塔《ミナレット》はカセットデッキをもらった。先生《ホッジャ》の姿はもう見えなくなった。けれども、エザンが狂ったテンポで鳴り響いた。

女が掃除機をかけた。長い髪が掃除機に吸いこまれた。

よぼよぼの老人が井戸で髭を何度も濡らしては、またドライヤーで乾かした。

洗濯機が動いていた。子どもが自分の猫まで洗濯機で洗おうとした。

農夫はリンゴ王としてそこに座り、妻はその背中をマッサージしなければならなかった。

そのドイツ疲れした背中に小さな紅茶グラスをいくつも置いて、放血も施した。

農夫の叔父は、あと何本リンゴを植えられるか、村を測量した。

あとまだ五九六本分の土地があるぞ。

つまりだ、五歳のリンゴの木が五十本。

三歳が二百本。

一歳が一五三本。

農夫は言った、「叔父さんはほんとに……トルコ人だなあ。失礼しますよ」

農夫は電卓で計算して言った、「全部で九九九本になりますね」

叔父は言った、「千本だと思ったが」

農夫は言った、「九九九本です、でもトルコ人の神さまもきっと千本と言うでしょう」

農夫は叔父に金を渡した。農夫は少し前にドイツでまた仕事を見つけていた。妻が載せた紅茶グラスで、農夫は背中を火傷してしまった。

農夫は言った、「俺を殺す気か」

妻は言った、「あんたこそ、あたしを殺す気ね」

農夫は妻をぶち、妻がぶち返した。妻は震えはじめた、震えながら布団を七枚かぶったが、それでも震えは止まらなかった。農夫はいまだに、妻と叔父が当時同じ木のサクランボを食べたという話を恨みに思ってた。親戚の者たちが食事を運んで来て、農夫を褒めそやした、農夫がいまや金持ちになったからだ。

親戚の者たちは言った、「あいつがアラマニアへ行ってからというもの、うちの子どもらは利口になったよ」とか、「怠け者の羊が、みんな子羊になっちまった」とか、「それに雨もじつによく降ってくれた」

叔父は言った、「甥っ子よ、おまえがいなくなってから、おまえの女房は分別をなくしてしまったぞ」農夫は言った、「こいつにはもともと分別なんかありゃしない、なくしたのは別のものじゃないのか」農夫の妻はぶるぶる震えながら夫に言った、「あんたの親戚が、あんたの頭の上に落ちてくりゃいい。あんたが死んだって、あたしは起こさないから。目を覚ましてよ。お金持ちのあんたに言うけど。どうして金持ちなんかにならなきゃいけないの、カラスどもが寄ってたかってあんたの家を食い荒らすだけなのに」妻は怒ってた、夫が金持ちになったからといって、親戚の者たちが夫の足に口づけするのを。農夫は妻に言った、おまえは簡易食堂のミートボールだ。立ち食いの簡易食堂のミートボールの七十倍も冷たい奴だ。というのも農夫はドイツで、簡易食堂のミートボールをいやというほど食べなければならなかったからだ。農夫は妻に言った、「早く答えろ。おまえはあの時、なぜ桜の木の下へ行ったんだ」妻は言った、「あんただってアラマニアへ行ったくせに！」

農夫「それはだから、アラマニアが俺のとこへ来たんだ」

妻「だったら、桜の木だってあたしのとこへ来たのよ」

農夫「じゃあなぜ大人しく、叔父さんの睾丸の話を最後まで聞いてたんだ」

妻は言った、自分は医者の娘じゃないから、耳を聞こえなくする方法なんてわからない。

そしてもっとひどく震えはじめた。妻は言った、

「アッラーよ、あたしに辛抱をお与えください、

さもなければ、あたしの心を石にしてください。

あたしに二つの翼をお与えください、

さもなければ、あたしを鳥にしてください」

農夫は妻がかわいそうになった。

彼は妻のそばにアラマニア製の電気ストーブを置いてやり、妻のために歌った、

「大理石も、石も、鉄も壊れる、

けれどわれらの愛は壊れない。

すべてのものは過ぎ去る、
けれどわれらの愛は違う」

「わかっているとも」農夫は妻に言った、「おまえに罪はない。俺が思うに、罪は資本にあるんだ。俺たちは救われる、もし資本主義の槌で打ちのめされた人々が皆……」

その時ロバが農夫のとこへ来て、震えている妻と、農夫の親戚たちの嘘と、政治にかぶれた農夫を見た。「おまえさんはまずわたしと奥さんを救わなきゃ。さあ、ドイツへ行きましょう」

農夫はロバにたずねた、「おまえ、どうしたんだ」ロバがひどく血を流していたからだ。ロバは村の道で、出稼ぎ労働者の運転するオペル・キャラバンと衝突したのだった、なぜなら村の道は車用でなく、まだロバ用にできてたから。ロバは話した、「見せたかったですよ、ぽーんと二十メートルの高さまで飛ばされて、それから落ちたんです。その後、わたしの足で車のガラスを叩き割って、そいつの顔をこう睨みつけてやりましたよ。そいつが言ってました、アラマニアで保険会社に、牧羊犬が車を襲ってきたと申請しよう、でないと金をもらえない、って。ふつうロバは車を襲いませんからね。アラマニアへ行かなくちゃ。さあ」

ロバはまだ震えている農夫の妻と子どもたちと一緒に、アラマニアへ向けて出発した。

けれども農夫は村にとどまった。妻が叔父と同じ木のサクランボを食べた件について、本当はどうだったのか、妻のいないとこで親戚の者らに訊きたかったからだ。農夫の妻と子どもたちと一緒にドイツへ向かったロバは、ドイツ扉の前で、悟りを開いたインテリのトルコ人に会った。悟りを開いた男はバスタブの中にタイプライターを抱えて座り、ドイツ扉から出てきた人々にいくつか質問しようとしてた。彼は乳母車を押してる男にたずねた、「少々うかがってもよろしいでしょうか、どうしてトルコへお帰りになるのですか?」男はまるで何も言わなかった。そして禁止の標識を見せた、そこにこう書かれていた、

「中庭、通路、階段における
子どもの遊びは
全居住者の利益にかんがみ
おことわり!」

次に車椅子の労働者が通りかかった。彼はバスタブの中の悟りを開いた男が質問する前に話しはじめた、
「わし、はたらく、何年も。ドクトルC&オットー社。[*4]
機械の片側から
石取る、

機械の反対側に
石置く
こんなに小さい小さいなって、出てくる」

そして去って行った。手錠をはめた三番めの男が登場した。悟りを開いた男がたずねた。

「失礼ですが、あなたはトルコ人ですか」

「おれ、ドイツ人にはドイツ人ね、
アラビア人にはトルコ人、
一緒、卓球する」

そして男は去った。

一人の若者がアラマニア扉から放り出された。背中を鞭で追われながら。

悟った男「キャン・ユー・スピーク・イングリッシュ?」

若者「イエス、同志《コレーガ》」

「ハウ・アー・ユー?」

「アイ・アム・ベリー・ウェル。アンド・ユー?」

「言いたまえ、君の夢は?」

「億万長者!」

「それから?」

「いっぱい車買う、乗り回す」

「どこへ行く?」

「どこって――アフリカ!」

「アフリカ?」

「ライオン殺す――ベルリンで毛皮店やる!」

「ホエア・アー・ユー・ゴーイング・トゥナイト?」

「トルコ!」

「ホワイ?」

「ホワイ? 十八歳になったから。ゴー・ホーム! アイ・ゴー・ホーム。だけどマイホームは本当はうしろにあるんだ、親はドイツにいるからね。アイ・ゴー・ホーム。わかった?」

若者が突然、空手パンチをお見舞いして、悟りを開いた男は地面に口づけする。若者は言った。「帝国の逆襲さ。グッバイ」

悟りを開いた男はズボンを脱いで――情熱にかられたせいだ、そして跪《ひざまず》いて言った、「わかるかね、君たち、こういう人々のために何かすることがどれほど重要か。アー・ユー・フィーリング・ザット？　君らはどう思う、出稼ぎ労働者のカルチャーショックはすべてを疑わしくするのだ。経済的《エコノミカル》、文化的《カルチュラル》、政治的《ポリティカル》にね。それがどんなに重要か、わかるか。君らの意見は？　出稼ぎ労働者の詩のコンテスト、または裁縫コンテストをしなきゃいけないんだ。そうしたら彼らがどうやってドイツの生地でトルコの服を縫うか、審査できるだろう。彼らのアイデンティティがそこにどれだけ残ってるか、見られるだろう。どうかね？　または、たとえばトルコの証券取引所とドイツの証券取引所がある。その間を労働者の子どものゆりかごが行ったり来たりする。行ったり来たり……または、トルコの女神とドイツの女神が一緒に歴史を見直すのもいい。十字軍からビスマルク、ビスマルクから今日まで。またはぼくらの都市ペルガモンから、二つの像が登場するのもいい。いま、ペルガモン博物館はベルリンにある」

ロバは言った、「ビスマルクがそれをわたしたちから進呈させたんですよ。当時、あの口髭のビスマルクは、油田につながるバグダッド鉄道を建設した、石油を速く飲めるようにね。そして反乱が怖くていつも体に合わない服を着てうろうろしてたスルタンは、ビスマルクにペルガモンの街を贈って、言った、『わしの心には山ほど石がある、ドイツの異教徒にもいくらか分け与えてやろう』」

悟りを開いたインテリ男は夢を見つづけ、ロバに耳を貸さずに言った、「ペルガモンから二つの石像が登場してもいい、一つはトルコの、もう一つはギリシャの」

「思うに」彼はさらに言った、「ぼくの想像力が、ぼくをまたしても駆り立てる、オスマンっぽい《オスマニック》のかもしれない」

「躁っぽい《マニック》んだよ」ロバが言った。

悟りを開いた男はロバに言った、「ぼくと一緒に飲むかい、友よ。ここにぼくの内心を芝居にしてみたのだ。

誰も貧しい者らの話を聞きたがらない。貧しさが怖いのだ。貧しさを恐れるなら、どこかでそれをよく知ってるはずだ……」

ロバは言った、「かわいそうな、貧しい人たち、という言い方をするじゃありませんか。もしかするとわたしたちの心は、とても貧しいのかもしれませんよ。わたしの親友のドン・アルフレードが、ある出稼ぎ労働者に言ったことがあります、社会主義者になれ、と。労働者は答えました。『一万マルクよこせ。そうしたらおまえの頼みを聞いてやる』」

悟りを開いた男はバスタブに乗って退場した。ロバは農夫の妻と子どもたちと一緒にドイツ扉をくぐり、ドイツへ行った。

農夫はイスタンブールで、社会主義者の義足男を探した、自分の痛みは妻のせいなのか、それとも資本主義のせいなのか訊くためだ。農夫は呼んだ、「おーい、義足男、義足男」すると男が来て、農夫をナイフで突き刺して、言った、「この、共産党員《コミュニスト》め、おまえ、なんで義足男探すか？」そして血まみれの義足を農夫に投げつけた。農夫は血まみれの木の義足を抱きしめ、社会主義者の義足男がファシストたちに殺されたのを悟った。彼は言った、「この国の写真を撮っておくべきだ。全員の写真を。もうじきいなくなるだろうから。俺は傷を負った」

農夫は自分の写真を二枚出した。「こっちは、俺がドイツでファシストに頭を殴られる前。それでこっちが、ファシストに殴られた後。女房はその頃、叔父さんと仲良く桜の木の下に座って、サクランボを食べてたんだ。その時女房はもう叔父さんとは呼ばなかった。下の名前で呼んでたんだ。もう仕事はおしまいよ、アリ。叔母さんと姪っ子が、俺に教えてくれた。

かわいそうなお袋。もう歯が一本もないんだ。お袋は泣いてた。お袋は言った、「ああ、息子よ、おまえの呪われた女房は、おまえの人生の落とし穴だ。あの女は、おまえと叔父さんの間に血を流させたいのか」

農夫は考えた、当時妻はわざと、叔父と同じ木のサクランボを食べた話を自分にしたのだと。そうすれば農夫が叔父を殺して、監獄行きになってそこで死ぬ、そうしたら彼がドイツから持ち帰った物や、ドイツの金で叔父と共同経営しているリンゴ農園を、妻が相続できるから。農夫は言った、「そうとも、人生は甘い、だが死も甘い。そうとも、サクランボが熟した頃に」それから彼は黒い眼鏡をかけ、ドイツ扉を通って、ドイツに入った。

暗くなった。

明るくなった。

掃除夫の服を着た農夫が、ドイツ扉から妻と子どもたちを放り出した。農夫は妻に言った、「俺はもうおまえを女房と思わない。俺の目にはおまえは人殺しだ」

妻は訊いた、「三人の子どもをかかえて、どこへ行けっていうの」

農夫は言った、「桜の木の下へ行け」

ロバは言った、「なんてこった。叔父さんが産んだ卵を、おまえさんが温めてかえしてやるわけか。おまえさんが卵の上に座って、眠りこんだら、犬が来て、おまえさんの睾丸を食ってしまうんだ」

ロバは農夫がいまや村で金持ちと思われてるのを知っていた、それで親戚の者たちが農夫の妻の敵に回ってたのだ。

農夫はロバに腹を立て、ロバもそのタイプライターと一緒にドイツ扉から放り出した。彼らは互いに罵り合った。ロバは言った、「インシャラー、おまえさんなんかオペル・キャラバンとぶつかってしまうがいい」

農夫は言った、「インシャラー、おまえなんかベルトコンベアでくたばっちまえ」

妻は言った、「インシャラー、あんたなんか駅の寒さの中で凍え死んじまえ」

最後にロバが言った、「インシャラー、おまえさんのアレはいったん立ったら、それきり下りてこないんだ」

そこで農夫はすっかり激怒した。もう一度バケツの水を妻の頭の上にぶちまけ、ロバがドイツで書いた小説のページをビリビリに破いて、ドイツへ入って行った。扉が閉まった。農夫の妻は道に座りこみ、ぶつぶつひとり言を言った。ロバは空っぽのバケツに火をおこして、びしょ濡れの妻をいくらか温めてやろうとした。

ドイツ扉から一人の女が出て来た。女は荷車を押してた、荷車には夫が乗ってた。荷車の夫は歌った、

「取り残される。

頭こわれる。

どっちも同じ。

とりのこされる。

あたまこわれる。

おい、おまえ、ふんばれや」

荷車は農夫の妻とぶつかった。荷車の女は言った、「すみません、うちの人、気がふれてしまって」

農夫の妻「うちもよ。おたくもリンゴ農園のせいで気がふれたの？」

荷車の女「そうじゃない、オペル・キャラバン。わたし言ったよ、うちの人に、なぜ買う？　この人聞かない。わたしの言うことなんかクソくらえ。誰がわたしに耳貸す？　わたし、買い物行くだめ、ピンポン鳴る、ドア開けるだめ。いつも部屋、部屋の中いる……一日。うちの人来て、言う。ほら、キャラバン。わたし、窓から見て、言う、ビスミッラー、アッラーがわたしらにいい物くださるように。それから寝る。右見る、うちの人いない。窓のところいる、うちの人言った、俺のオペル盗まれる、俺のオペル盗まれる。わたし、自分に言ったよ、アッラー、お助けください！　だけどうちの人、アラームつないだ、部屋からキャラバンに。ある日わたしたち聞く、ほんとにキャラバン叫ぶ。ウィーン、ウィーン、ウィーン。うちの人見る、キャラバンそこある、でも鳴る、ウィーン、ウィーン、ウィーン。子ども、いたずら！　うちの人、道の真ん中で祈りはじめた。精神病院おしまい。アッラーに感謝します。やっとトルコ。オペル・キャラバン売ったよ」

それからびっこのトルコ女が来た、息子連れて、静脈瘤あって、メガネかけてた。女は言った、「悲しまなくていいよ、姉妹、うちの旦那もおかしくなったから」

「やっぱりオペル・キャラバン？」

「違うよ、カネ寝かし病。あたし清掃婦ね、スケートリンク、ボクシング場、貸農園、ネオンライト、女子感化院、墓地、植物園、オペラ座。そいで一服する。だけど旦那帰っちゃった。『俺、ドイツがまんするできない』って。あたし八年、カネ送ってる。村に全部ある、トマトある、ナスある。あたし言った、『アリ、トラック買って、ご近所さんトマト、仲買なしで、町で直売り行きなよ』『いや』って旦那。『オレはカネ、銀行で寝かしたい。一年寝る、カネ起きる、カネもっともっといっぱいなる』だって。自分あぐらかいて、あたしに寝ないで働け言うんだ。ここで」

女たちは火にあたって体を温めた。ロバは壊れたタイプライターで、ドイツ人の友達のマティアスに手紙を書いた。

「親愛なるマティアス
きみがいつかお嬢さんを訪ねた話をしてくれた時のことが、わたしの頭を離れない。お嬢さんはベルリン・クロイツベルクの部屋で、まるで戦争を前にした老婦人のように、鏡とテーブルの間を行ったり来たりしていたね。その日の晩、わたしは夢を見た、わたしはケルンにいた。通りはまるで空っぽだった。大聖堂と家々が瓦礫の山となって横たわってた、赤茶色に塗られて、何もかもまるでゴッホの筆で描かれたみたいに見えた。それはもう街じゃなかった。自殺した街の絵だったよ、それは。わたしはひとりぼっちで歩いてた、振り返ると、大聖堂と家々がわたしを見下ろしてて、窓には灯りが見えた。人間はいなかった。わたしはある場所に着いた。ほうっと息をついた、大聖堂はもうわたしを追いかけてこられないだろう。その瞬間、わたしの片足が何かやわらかいものを踏んだ、沼だ。わたしは自分の上着をそばの茂みに投げて、そこにつかまって抜け出そうとした。わたしはどんどん沈んでいった。すると不意にわたしは列車の中に座ってた、ハンブルク・アルトナ行き、インターシティ急行……まるで飛行機みたいだった。通路の端に鏡があった。――ただちに出発の合図――この言葉が、わたしの前に座る女性の読む本に書いてあるのが読めた。わたしの農夫の妻が来て、言った、『あたしの髪とあたしの飾りが、ミュンヘンの美術館へ贈られてしまう』

わたしは言った、『わたしは本を読まないと』すべての過去がわたしを待ってる。そこにトースターがあって、本が二冊、燃えながらそこから出てきた」

暗くなった。
明るくなった。

高速道路

トルコ人の男が警察に電話をかけた。
「モシモシ、ポリス、ポリス、
ここ高速道路《アウトバーン》。
男六コ、死んだ、
オレ平気。
オレ、ダイジョブ。車二コこわれた。
ギリシャ男死んだ。
ハノーファー、ヨルヌトゥト」

壊れた車が一台、空から落ちてきた。人間の手がドアからぶら下がっていた、車のラジオがまだ鳴っている。年老いた父親が、死んだ息子を引き取りに来た。音楽を止める。そこへ別の父親が棺桶を背負ってやって来る。

第一の父親「あなた自身の頭が健やかなままありますように、旦那《アガ》。ここでは死人をすぐ送る。死人をそのままの格好で、服着せたまま棺桶入れる。そしてしっかりふたする。四日後には棺桶送る。アラマン人、いい棺桶作る。ここまでの道のりで、わたしらは魂五つとられた」

第二の父親「だが、なぜなんだ。息子は自分の車が大好きだった。言ったもんだ、『父さん、わかってるよ、このフォード・コンサルはおれのだって。だけど目の前にあるのを見るたび、惚れ直しちゃうんだ』」

父親たちは死んだ息子たちを受け取って、トルコの方へ歩いてった。

われらが農夫もオペル・レコルトに乗って、高速道路まで来た。彼のオペル・レコルトには十一人乗ってた。車の屋根に座ってるトルコ人が、農夫の顔にたえず水を吹きかけて、眠りこまないようにした。オペル・レコルトは後ろ向きに走ってた。農夫はいまや別人になってた。つまり車を持った人間になった。彼は言った、「俺のギアはもうおしまいだ。壊れちまった。あのクソ野郎め、新しいギアに三百五十マルクよこせと言いやがった。だが俺は馬鹿じゃない。三十キロ、バックで走ったぞ。何か起きたか。何も起きちゃいない！　それに、このレンガをアクセルに載せていたんだ、俺のかわいそうなアクセル足を楽にしてやるためにな」

オペルの屋根の上のトルコ人が言った、「ホームシック、ホームシック」

農夫「あいつは部の責任者だったんだ、いいか。俺持ってる、オペル・レコルト、あいつただのアスコナ。それもうやつ気に食わない。俺、やつより働くまだ短いのに、もうピカピカのオペル・レコルト買う。やつ、何度も訊いたよ俺に。『おまえヒゲ、切らないのか。長すぎる』俺言う。『どうして。イエスも長い毛あったよ』それすっかり頭に来ちゃったね。だってハゲだから、あのおやじ」

オペルに乗っているだれかが言った、「よかったな、そいつが心臓発作起こさなくて」

農夫は言った、「いや、俺の後に起こしたよ。それから大人しくなった」そしてそのまま後ろ向きに走り続けた。

トルコ人出稼ぎ労働者の兄弟二人が来て、彼らの盗まれたテレビの箱を高速道路で探した。

兄弟1「大きなテレビのダンボール箱を見ませんでしたか？」

兄弟2「シャウプ・ロレンツ[*5]の箱です」

だれかが言った、「箱がほしけりゃこいつを持って行きな。何、これじゃ気に入らないだと？」

兄弟2が泣き、兄弟1がわけを話した、「父がケルン来ました、私たちたずねて。急に二日前亡くなりました。月曜の朝。兄弟よ、死者が飛行機乗るは三千マルクです。ガソリン五百マルクかかります。フォードが私たちと父、無事トルコに運んでくれる、私考えました。父シャウプ・ロレンツ箱入れて、フォード屋根の上しっかり縛りました。ユーゴスラビアまで来る、全部順調。森で寝る。朝、シャウプ・ロレンツ箱なかった。父盗まれました。

アッラーよ、私たち忍耐お与えください」

暗くなった。

明るくなった。

農夫はオペル・レコルトで後ろ向きに走って村に着いた。まず車を掃除した、窓ガラスを洗って、油をさした。ロバは農夫の様子を見てた、農夫はいつの間にか農夫百二十五人分の値打ちを持つようになってた、というのもこの国ではインフレで、金の価値がすっかり下がってたからだ。今、一マルクは百二十五リラだった。農夫一人＝農夫百二十五人だった。

ロバはオペル・レコルトに話しかけた。ロバはとても悲しかった。なぜなら農夫がロバをオペル・レコルトと取り換えてしまったからだ。

ロバは車に言った、「いいですか、偉大な頭脳がかつて言いました、『いまや平和以外に重要な物がある』もし戦争があなたの家の戸口に立ったら、ねえオペルさん、あなたならどうしますか？」「知り合いにスイス人女性がいてね、彼女たちは言ってたよ、『あら、そしたらすぐスイスへ行くわ』あなたも一緒においでなさい、ロバさん！」

「わはは、愉快な人たちだ、もし第三戦争あっても、自分たちだけスイスのチョコ食べつづけられる思ってるんですね」

窓ガラスのワイパーが動きはじめた、車は怒って、叫んだ。

ロバは農夫に言った、

「麦わら小屋に　松明投げ込まれ
小麦大麦　真っ赤に燃え上がる。

藪も茂みも――おお痛まし――火吹いて、
ジプシーら　大きな悲嘆の声上げる」

農夫は言った、「おまえのおしゃべりは、俺の理解を超えてるよ」
ロバ「これからは腹話術だけにします」
農夫
「俺としちゃあ、腹だろうが
口だろうが　かまわん。
おまえはたぶん何発も食らうだろう」
農夫はロバを殴った。ロバは心臓発作を起こす。ライオンと墓石が来て、ロバのために
歌をうたった。
ロバはライオンと墓石にむかって言った。
「もう一度――もう一度――もう一つ。
なんと不実に友はわたしを苦しめることか。
友は別の胸にその身を預けた。
あわれな心臓、それは空しく追い求める、
苦しみながら、愛する人の歓心を得ようと。
もう一度……生はわたしを次の死まで呼びつづける」

農夫は自分のベッドに寝てた、最初の大きいカラフルなベッドは二つに切り離されてた。もう一方には、妻が子どもたちと寝てた。農夫は自分の持ち物を全部ベッドに持ちこんだ。書類鞄、計算機、カセットレコーダー、小さなミニテレビ、サングラス、そして彼は枕元に立つリンゴの木々に愛の告白をした。

「わが愛しの君、誇り高く自由な君!
俺は君に首ったけ。
どうかこの俺を憐れんで、
愛してくれ、俺は君を愛してるんだ!

君のそばにいたいと、俺の心が望む
夜も昼も夢見てる。
別れには疲れ果てた、ああ!
俺を愛してくれ、俺は君を愛してるんだ!」

リンゴは答えた、

「ぶつことでしょ、あなたの心が望むのは。
ちょうどいま熟したところ
素敵に美味しいわよ。
わたしを愛さないで、わたしはあなたを愛してないもの」

農夫は杖でリンゴを打った、するとリンゴの木から、リンゴがいくつも降ってきた。裸になったリンゴの木の上に、彼は自分の青春時代を見た、かつて他人のリンゴの木からリンゴを盗んだ、若かりし農夫を。あの時、リンゴの木の持ち主は、木の上で何をしてるのかと農夫にたずねた。いまリンゴの持ち主となった農夫は、自分の似姿にたずねた。

「俺の木の上で、おまえは何をしてるんだ」

似姿が答えた、「私は夜啼鳥《ナイチンゲール》、ここで歌ってるんですよ」

農夫「ちょっと歌ってみせろ、見てやろう」

似姿が歌った。

農夫「いったいなんて夜啼鳥だ。こんなの聞いたことないぞ」

似姿「未熟な夜啼鳥はこんなふうに歌うんですよ」

農夫は言った、「降りてきたほうがいいぞ、さあ早く」

似姿は木から降りてきた、そして双方が言い出した、「俺が農夫だ、俺が農夫だ」農夫はロバに助けを求め、どちらが本物の農夫か言ってくれと頼んだ。ロバが来て、彼の青春とともに行ってしまった。

リンゴの木々はふるえた。
オペル・レコルトは叫んだ。
農夫の妻は身重の身体で立ってた。
農夫はサングラスをかけて、
オペル・レコルトに乗りこみ、
妻と子どもたちに言った、
「さあみんな、アラマニアへ行かなくちゃ」
そして後ろ向きにアラマニアへ走ってった。

そして暗くなった。

＊1　トルコ・イスタンブールのサッカーチーム名。
＊2　アパレルショップの名前。
＊3　綴り字を正確に伝えるための方法で、この名前の頭文字をつなげると、この農夫の名前、すなわち「運命シ（ラズ）のカラギョズ」KARAGOEZ SCHICKS…となる。
＊4　ドイツ・ボーフムのコークス炉建設会社。
＊5　ドイツの電化製品メーカー。

ある清掃婦の履歴、ドイツの思い出

わたしは清掃婦、ここで清掃するのでなかったら、ほかにいったい何しろと。故郷《くに》でわたしはオフィーリアだった。「僕らは上手に愛し合う、だが、それがすべてじゃない、僕らの間には階級差ある、それに妻としてきみは僕のこと守らなかった」わたしが夫婦の契りを結んだ男は、そう言った。金持ちの息子で、一人っ子のドラマ演じてた。「行け、尼寺へ！　行け！　さらばだ。どうしても結婚したいなら、阿呆と結婚するがいい、賢い男は、きみら女によってどんな怪物《モンスター》にされてしまうか、ちゃんとお見通しだからな！　尼寺へ行け、いますぐ、さらばだ！」そう彼はわたしに言った。

わたしは彼に訊いた。「階級の差なら初めからあった、なのになぜわたしと結婚したの？」

「あの頃は時代違った、清掃婦とだって結婚できたろうさ、あの頃なら」夫は言った。

口は袋じゃないから、ぎゅっとすぼめて縛っとくわけいかない。頭が考えたことを、そのまま口はしゃべる。

夫の友人は言った。医者の息子で、自分も医学生だった。「黙っている者のほうが長生きする。妻が警察で死ぬのを見たとき、おれの病気は治った。女のほうが男よりおしゃべりだなんてのは、もちろん事実じゃないさ。だが二人でいると、ついしゃべりすぎてしまう、一人なら黙ってることもできる、なあきみ、墓場から幽霊がよみがえって、われわれにそう告げに来るのを待つまでもない。別れたまえ！」

「そうだ、まったくその通りだ。だから、これであっさり握手して別れようじゃないか。見たまえ、いまや沈黙の時、民主主義を再建する時だ」夫は言った。

「ああ、なんと高貴な魂が、ここで破壊されていることか」

夫が一人っ子ドラマと医学生の友人とともに、民主主義再建のためレストランへ行ってしまうと、こんどは夫の母親がわたしたちの家に来た、本がまだ本棚にあるか、それとも暖炉で死んじゃったか、確かめに来たのだ、そしてベッドの中のシーツまで見た！　後日、義母は裁判所で言った。「この女が息子を破滅させたんです、シーツが真っ黒でした、ジプシー女なんです、でも残念ながら、あたしらそれに気づかなかった」

離婚裁判官は言った。「何もかも白くならんことを望む、辛抱が肝心である」

わたしは言った。「奥様、この醜女《フクロウ》はパン屋の娘だったと、そう奥様おっしゃいますが、わたしたちは自分が何者か、ようく存じております、奥様、ですがこれから何者になるかは、存じませんでございます。奥様の食卓に、神の祝福ありますように」外出てから、わたしは義母に尻まくって見せた。

かくしてわたし溺死した、シーツの黒い小川で……離婚して、祖母のもとへ走った。

「おばあちゃん、わたし逃げなくちゃ、あいつらがわたしの死体見つける前に」わたしは言った。祖母はわたしの片方の乳房を右手ですくい、左手に自分の乳房のせて、重さをはかった。「わからないね、なぜあたしのお乳こんなにだめなっちまったんだろう」そう言って、祖母はもう片方の乳房もくらべてみた。「やっぱりだ。あたしのはおまえのより悪い。行くのかい。だけどすぐ戻ってくるんだろ、あたしの体が汚れたら、おまえ洗ってくれるんだね」

隣のおばさんが荷造りしてくれた、わたしたちは祖母と一緒に立ちつくして、地面を見つめながら泣いた。その時、祖母がわたしにウンコ夫人の物語を聞かせてくれた。

昔々あるところに、一人の女がいた、女には他の女たちと同じように夫がいた、夫婦は牛を一頭飼ってた。

「牛に餌やってこい」

「あんたやれば」

「俺はやらない」

「あたしだっていやなこった」それから女は言った。「先にしゃべったほうが、餌やることにしましょうよ」女は編み物を持って、隣の家へ行ってしまった。夫は家に残り、黙ってる。そこへ泥棒来た。夫は何も言わなかった。泥棒たちは家の中の物を袋に詰めこみ、夫のあごひげと口ひげを剃り落として、盗んだ物と一緒に立ち去った。晩になって妻が帰ってきて、空っぽになった家と、ひげのない夫を見て言った。「あんた、何事?」

夫は言った。「ははあ、しゃべったな、おまえが牛に餌やるんだ」「牛があんたの頭の上に落ちてくりゃいい」女はそう言うと、長旅のために鉄の靴はき、鉄の杖持って、泥棒の後を追いかけた、女は歩いて歩いた、ふいに振り返って、来た道を見ると、まだやっと大麦一粒分くらいしか進んでいなかった。すると灯りが見える、ホテルだ。中に三人の男たちが座り、飲み食いしている、女は座って、三人の男たちと一緒に飲んだり食べたりする、三人の男たちは女にたずねる。「あんたの名は何ていうんだ、教えてくれないか」女は答える。「あたしの名はウンコ」そして皆、寝に行く、女はこっそり調理場へ行って、小麦粉と水を混ぜ合わせ、それを三人の男たちの長靴の中へ流しこむ、そして立ち去る。夜中、三人の男たちはベッドから起き、暗闇の中で女を探して呼ぶ。「おおい、ウンコ、

ウンコ、ウンコ」ホテルのオーナーが目を覚まし、長靴から流れ出してる小麦と水の混ぜ物を見た。「おまえら、わしの絨毯にウンコ垂れ流しおって」そう言って、三人の男たちを殴った。

わたしは言った。「おばあちゃん、わたし行くね、列車が待ってるから」祖母は言った。「最後はいつだって、悪い奴らが勝つのさ」

わたしはゆっくりヨーロッパに慣れたかった、だから列車で移動した、わたしは行く、でもたくさんの死者を後に残してきた、初めて船を見る子どもの眠りは軽やかなる、殺された少年の眠りは終わってしまった。少年には、煙草も夜も道路も猫もおしまい。少年は馬でわたしの中を駆けまわるだろう、そしてもしかすると明け方、川べりにたどり着くかもしれない。

そして水死体のわたしは、緑の庭に流れ着いた。故国《くに》で溺れ死んだオフィーリアは、ドイツで清掃婦として生まれ変わった。黒い髪と白いレジ袋、それで十分だった。わたしがハムレットを演じたかった男、演じるはずだった男のもと死体だと、誰も気づかなかった！　わたしは清掃婦、ドイツは清潔なまま、わたしは目をつぶって、二十二まで数えた、そして言った。「目を開いて、最初に見えた王子様のとこで働こう、二十、二十一、二十二」そこに立ってたのは、一匹の犬だった。白黒の衣装に、きれいに磨いた歯、毛は短く、鼻もきちんとかんである。わたしはこの王子様についてった。わたしの仕事は楽だった。王子様は森でウンコした、わたしはいつも王子様の後にくっついていてって、ウンコを白いレジ袋に集め、林務官の家の応接室へ持って帰った。林務官さんは言った。「いつか王子様がもう生きていなくなっても、犬というのは人間ほど長くは生きられないからね、少なくともその思い出は私のもとに残る」

森で狼に話しかけられることもなかった、わたし思うに、彼らも仕事で忙しいのだ。ある晴れた日、わたしはあることに気づいて、ひとり言を言った。「どうしただろう、王子様のいつものウンコ、なくなってる」ウンコが行方不明だった。わたしは空っぽの白い袋持って応接室へ帰った。林務官は受話器を手に握りしめて、言った。「きわめて残酷な自然の掟だよ、私は七歳の猟犬をつれて狩りに出かけた、私の犬は傷を負ったカモシカの子を探していた、その時ふいにタカが空から急降下してきて、爪で犬をぐいと摑み、獲物とともに飛び去った。林務官たる私は銃を構えたが、ためらって、撃たなかった、タカは保護されてるからね、あのタカは食糧を捕りに来ただけだと、後で自分に言い聞かせたよ」林務官さんは受話器にむかって言うと、泣きながら歌う。

母さん、軒下にちっちゃな小鳥の巣できたよ

見て、見て、見て
ほら見て、あそこで坊主鳥《ウソ》が結婚式の立会いしているよ
結婚式、結婚式だよ、ほら
見てよ、あの二羽の小鳥、なんて幸せそうなんだろう
あっちへひょい、こっちへひょい、飛びまわっているよ
ああ、母さん、ぼくがツバメの子だったらなあ
どんなにすてきだろう！
「きみ、行くよろしい」彼はわたしに言った。わたしは行った。
わたしは行った。死体が一つ、空を飛ぶ、ラララ、空、死体、水、死体、ラララ、どこもかしこも殺人者だらけ、ラララ、緑のズボンにピンクのブラウス着て、レジ袋持って、わたしはインターシティ急行に乗った。

列車の窓から見た美しい景色を、あなたにここでお伝えすることはできない、眠りこんでしまったから。わたしはある物音で目が覚めた、チュ、チュ、チュー……暗かったのもあって、わたしはだれかが暗闇でおならしたと思った、でもそれは一人の男だった、その男が、そこに座る黒人女性の、白っぽいストッキングにつつまれた膝にキスしてた、男は

言った。「もうじきトンネルを抜ける、そしたら僕はもうあなたのこと知らなくなる、あなたのバストが九十六センチということ以外は。あなたは僕にまるでスポーツマンらしからぬ考え起こさせました」わたしは男を片目で見た、男はたえずあくびする蛇のように見えた、その口から涎が黒人女性の白っぽいストッキングの上に垂れてた、そして男の膝の横では、ひっくり返ったビール瓶からビールが床にこぼれてる。ビール男が白いストッキングに愛のおならする。けれども白ストッキングは言った。「さわらないでください、私、ガン《キャンサー》です、私のガンさわらなくていい、言ってるのに」ビール男もっと速くおならして、言った。「嘘だ、僕はあなたが好きだ、蟹《キャンサー》の女なら知ってる、あなたは蟹じゃない、きっと水瓶だ、セクシーだから。チューチュー、僕は山羊です。チューチュー」

わたしはまた眠りこんだ、夢まで見た。一匹の長い蛇がいた、壁をつたって、手洗器のほうへ這ってった、手洗器に触わるとすぐ、プーーーッと音した、空気抜けて、手の爪くらい小さくなった。それはプラスチックの蛇だった、蛇は歌った。

今日は兵隊さんの行進だ
女の子みんな楽しみにしてる
隊長さんが見てる
隊長さんが見てる

誇らしげに窓を見上げてる

そして手洗器が歌った。
あたしが兵隊さんだったら
きっとりっぱな戦友になるのに
だけどあたしはただのモニカ
なんて残念なのかしら！
だからあたしはこの願い
胸の奥深くしまっとく
だけどいつかあたしが大きくなったら、あたしのいい人は
少尉さんでなくちゃだめなの……

また蛇が歌った。時が過ぎて、時が過ぎて、リーゼちゃんは長いドレス着て、いい人見つけたとさ云々云々。

わたしは目を覚ました。トンネルは終わっていた、わたしはあるビルで降りた。「来ま

した」とわたしは言った。

「階段を毎日掃除するように」彼らは言った。

わたしはレジ袋を持ってた、そこにバケツもらった。階段。長い長い階段。たくさんの足。足上る、足下りる。ある夜、夢見た、部屋の中、膝までしかない二つの足が歩いてた。「だれか部屋にいる。目を覚ましててよかった」わたしはひとり言を言った、その瞬間、その足がベッドの上飛び越えて、狼になって降りてきた、わたしは起き上がり、夜の間目を覚ましてられるように、ナイフで小指ちょっと切った。

ある日に一階が五階に腹立ててた。ドアの向こうで一階が歌ってた。こんなふうに。わたし、とっても妙な気分、なんだか予感がして仕方ないの、今日は何かあるって、すごく特別な匂いが、今日はするの。

この特別な匂い、今日は何かあるその匂いは、たびたびしてた！　なぜか、あなたに教えましょう。このビルの住人は夜の間、わたしが思うに、部屋のドアの外でウンコした。朝にはウンコの山は乾いてた、バケツに取るのはわけなかった、割れた卵を集めたことも何度かある。全部バケツに入れた。ドアの向こうで、人々が歌うのが聞こえた！
男の声：

ぼくはきみの幽霊、きみのかわいい幽霊だよ、
寝てるきみを、ぼくは起こす、
何度でも、きみがぼくのことダーリンと呼んでくれるまで、
そんなにおどろかないで、
きみの毛布めくるだけだから、
めくったら、
すぐまたくるんであげるから。

つづいて女の声が歌った‥
あなたのためにお花を頼んだの、
一鉢のお花を、
わたしのお花、
あなた気に入ってくれますように。

わたしはだんだんこのビルのいろんな音知るようになった。クローゼット、テレビ、カナリア、レバーソーセージやブラッドソーセージの会話、そしてポキポキいう音。このポ

キポキを、わたしはこの目でも見た、それは一人の男だった。わたしは聞いた、男がいつも部屋の中で、指や首やつま先や背中をポキポキポキ鳴らすのを。ペニスまでしょっちゅうポキポキ鳴らした。ところがある時、ポキポキにしくじって、病院送りになった、ペニスを手に持って階段降りた、まんまるのスイカみたいだった、皮膚と破れた神経の間に血たまって、そんなにふくれたのだ。病院で医者たちは男に言った、二度とペニスをポキポキしないように、そして治療してあげた。男は言った。「だがポキポキ癖のあるのは俺だけじゃなかったぜ、フォークダンスみたいなもんだ、病院で見たよ」けれども、ケーラー夫人のことはとうとう見られなかった。見てみたかったのに。一度、もうちょっとで見られそうなことがあった。夫人の部屋の前に、緑色の服の男が立ってた。呼び鈴鳴らして、言った。「こんにちは、どなたかいらっしゃいますか、どなたもいらっしゃいませんか、もしもし、ケーラー夫人はいらっしゃいますか、未亡人のケーラー夫人はご在宅ですか」するとドアの向こうで女がどなった。「何、未亡人だって、違うよ」緑の男は言った。「賭けてもいい、お宅のご主人がさっき八階から落ちましたよ」ケーラー夫人は言った。「笑えないね、唇がひび割れてるもんで」

　次の日の午後、わたしはゴミを階下のゴミバケツへ捨てに行った。ゴミバケツの蓋を開けると、中に女の死体あった、頭を下にして、両脚は天を向いてた。二人の外国人労働者が通りかかって、それを見て、女を指さしながら言う。「おい見ろよ、並ってとこだな。俺らならまだ三十年は使えたのにな」わたしはゴミバケツの蓋閉めて、考えた、このビルの歌はもう全部知ってる、行く時だ……自分の国で一度殺された人間は、どこでも寝られる、どこだっていい、わたしは牛に餌をやらなかった、わたしの名はウンコ夫人といった、わたしには新しいベッドとシーツが必要だった。

古物屋のおばさん、あのシーツの。

六十八歳、わたしがシーツ買った古物屋のおばさん……

「あたしは二度の戦争を体験したよ。娘がいてね

その娘がチフスにかかっちまった

医者が言ったよ

子どもを産みなさい、そしたら治りますよって

いま、子ども四人いる、ああ、元気にしてるよ——結婚して、オランダいる

当時、お偉いやつらが

あたしらの子どもさらってった

十二歳以上の者は

戦争で働かされた

そうして一九四一年と一九四五年に
あたしは二人なくした
あたしの姉もそうさ
あたしは薬を買った
いい薬をね
もう戦争はごめんだ
シーツは三マルクでいいからね、洗濯してあるよ

あんたはこの辺の者じゃなさそうだ、だけど感じがいい、うちで働きなよ」わたしは言った。「じゃあ、わたし掃除します」古物屋のおばさんは言った。「なに、掃除だって。あんたみたいなべっぴんさんがかい、女優にだってなれるだろうに、舞台でさ」わたしは思った――なるほど――なるほど。シーツを手に、わたしはほかのすべての死者たちのこと考えた、舞台の上で自分の役を演じる死者たちのことを！　人生で勝つのは悪者、けれども死者たちは舞台の上で戯言をゆるされてる。ハムレット、オフィーリア、リチャード三世、賢者ナータン、ゲオルク・ハイム、啞娘カトリン、ヴォイツェック、馬、ダントン、ロベスピエール、令嬢ジュリー、ヴァン・ゴッホ、アルトー、マリー、ランボー、墓掘人たち、シェイクスピアのあらゆる愚者たち、すべての死んだ使者たち、船乗りたち、メデ

ィア、シーザー……

戯言なら、わたしの頭にもたっぷり詰まってる。

舞台は男子便所一つ、主演尿者のシーザーが、三人のジャーナリストのインタビューに答えてる、彼はこの便所がこれまでより臭わなくするため闘うと言い、クレオパトラに小便器を掃除させる。クレオパトラは従うが、復讐として、ここへ小便しに来た男たちと寝る、男たちは全員レモネードならぬトリコモネード*をもらう。メディアは女たちも男子便所に入れるようにするため闘いながら、ブルータスのタマを愛撫する。ランボーは義足の片足で歩きながらつぶやく。「おお、世界よ！　聞け、あらたな不幸の歌がはっきりと鳴り響いてるぞ！」

テレビがついてる、プラスチックの蛇たちがテレビのサッカー見てる。蛇たちはボクシンググローブをはめてる。一匹のプラスチック蛇が、ある女性の毛皮のコートの上に乗って、言う。あなた美しい、マダム、あなた私の理想。そしてぱんぱんになった買い物袋を手に持った女は言う。「あらあなた――私もあなた、すごく気にいるあるよ！　あなた、あなた！」

ハムレットの父親の亡霊は小便できなくて泣く。「雪だ、雪のせいだ、雪が敵の陣地に降らなかったなら、わしは友を食らうことはなかったろう、あいつの腿肉がわしのタマの中に居座って、わしの小便を飲んでしまうのだ」そしてハムレットの母親が歌う——ガートルードは美しく歌わなければならない。「パパ、わたしパパのためにお花を一鉢、お花を一鉢頼んだの、お花がパパの気に入りますように」ゲオルク・ハイムが登場する、ハムレットの父の亡霊がその肩に乗ると、ゲオルクが言う。「もう担げないよパパ、降りて」オフィーリアが、オナニーしてる一人のサラリーマンの精子で汚れた男子便所の床を掃除し、その精子をハムレットの母親の糊のきいた青いスカートにぶちまける。

墓掘人が登場して言う。「おれは第三次だけじゃなく、第四次世界大戦も信じるね」そして墓掘人は笑い、オフィーリアにブランデー取りに行かせる。ハムレットはオフィーリアが去るを見とどけて、メディアの子どもたち、ホレイショー、エキストラとともに登場する、彼は母親と、精子で汚れた青いスカートを見ると、そのスカートを引きはがし、精子に向けてピストル撃つ。母親は言う。「おお、ハムレット、わたくしのスカートを真っ二つにしてしまったの」ハムレットは言う。「汚れた半分を捨てて、生きよ。残り半分とともに、より清らかに。おやすみ」そしてホレイショー、エキストラ、メディアの子らとともに男子便所に入る。その時ヒトラーとエヴァ・ブラウンが登場し、エキストラにむかって話しかける。「諸君、これまで通りやるなら、あちら側の半分へ行った方がいい、諸君の場所は壁の向こうだ、だがそうすれば、あの素晴らしい高速道路《アウトバーン》に足を踏み入れることは、夢にすら叶わぬであろう。知っているか、我らの時代であれば諸君がどんな目に遭ったか。諸君のケツに一発お仕置きだ」そして王子様、つまり自分の犬に、エヴァ・ブラウンのハンドバッグからソーセージを取り出して与える。プラスチック蛇たち全員が口パクで笑って言う。「おれはシャルケが大好きさ」そして太った犬が言う。「笑うな、だれがユダヤ人か、ここで決めるのは俺だ」そしてハムレットに嚙みつく。

蛇たちが合唱する、シャルケ、シャルケ、今日みたいにステキな日がつづくように——

つづくように。

永遠に。

そしたら幸福を追い払えるものは何一つないでしょう、ずっと幸福なままでしょう、楽しい時も苦しい時も。

ハムレットは言う。「私は死んだ、ホレイショーよ、あわれな女王よ。さらば《アデュー》。

この事態に青ざめ、震えおののくおまえたちよ

声もなく、この光景の中、ただ立ち尽くす傍観者よ。

せめて私に時間があったなら、死は官吏のようなもの

時刻通り私を捕らえる、私がおまえたちに言葉をかける前に、だがまあ良しとしよう。

ホレイショーよ、私は死んだ
おまえは生きて、私のことをしかと伝えてくれ
不満抱く者たちに」

そこへオフィーリアがブランデー持ってくる、ハムレットは飲み、オフィーリアの膝に座る！　母親が言う。「こちらへいらっしゃい、わたくしの可愛いハムレットや。母のそばにお座り」ハムレットは言う。「いいえ、母上、こちらの磁石の方が強力なので。女子の脚の間に身を横たえつつ、男女の関係や恋愛の依存性に反対を唱えるのは、素敵な考えです」ハムレットがオフィーリアのそばにいる間、メディアの子どもたちはボクシンググローブをはめたプラスチックの蛇に殴られる、そこで明かりも消され、ヴァン・ゴッホが登場する、十二本のロウソク立てた帽子をかぶり、黒色だけで便所の絵を描く！　アルトーが来て、横顔を見せて立ち、詩を作る。「ヴァン・ゴッホの絵には幽霊がない、ヴィジョンもない、幻覚もない。

これが午後二時の太陽の、燃えるように熱い真実だ。創造のけだるい悪夢、それはしだいに薄れて、やがて悪夢もはたらきも消える。

だが、生まれ出る前の苦しみがそこにはある」エヴァ・ブラウンの犬が、メディアの子どもたちやエキストラに噛みつく。賢者ナータンが登場して言う、自分はノーベル賞をも

らった平和の使者である、メディアの子らと男子便所に出演するエキストラたちに手を出してはならない。

　プラスチックの蛇はシャルケ、シャルケと言い、高位の役人と電話する、その役人はホテルの部屋で、日の当たるオフィーリアの姉の尻を眺めながら、受話器にむかって言う。「噛むがいい、日々の噛む練習により目ざめた渇望が満たされるように」役人はオフィーリアの姉に言う。「さあ服を着なさい、バスルーム行って、私があなたの父ポロニウスと思いなさい」「もしもし、シャルケ、こちらはファルケ《鷹》、噛みなさい、応答せよ——さあ、あなたは出て行って、ラテンアメリカのオフィーリアとして入ってきなさい、そしてラテンアメリカの太陽に焼けたあなたの尻を私に見せなさい、その時あなたのファンデーションを私の左のタマに塗りなさい」「もしもし、シャルケ、こちらファルケ、噛みなさい」「塗りなさい、ゆっくり、ヴォイツェック、失礼、オフィーリア、ゆっくり……」

　プラスチックの蛇はメディアの子どもたちとエキストラを噛み、ハムレットは酔っぱらって、見せかけのオーガズムに達する、オフィーリアは彼に言う、「ハムレット、やめて、無駄な努力は。わかってるわ、あなたはいま明日のこと考えようとしてる、明日はあなたのお葬式がある考えようとしてる、明日があなたのお葬式だって——でも同時にあなたは、銀行に寄って、高級食品店へエスプレッソのコーヒーを買いに行かなきゃ、と考えてる。

だっていいじゃないか、自分には金があるんだから、と思ってる、それからあなたはママと電話する。あなたのママは、３ＤＫのアパートの住所を知ってるだれかと知り合いだから。お母さまと電話する前に、あなたのお気に入りのチーズを買いに行きたいと思ってる」それを聞いて、ハムレットは言う。「オフィーリア、ぼくの愛しい人よ。気づかないか、ぼくはいま拷問されてるんだ。水滴が、間をおいて顔に落ちてくる。これは中国式の拷問じゃないか、中国人が来る、中国人が来るぞ」

オフィーリアは言う。「ええ、たしかに来てる、でもそれは水じゃなくて、コカ・コーラのしずくよ」

ハムレットは言う。「かの未発見の国、その境から帰る旅人はない、意志の力を奪われてしまうのだ」

メディアの子らとエキストラたちは叫ぶ。「うわあ、痛いよ、なんてひどい噛みようだ」ノーベル平和賞受賞者の賢者ナータンも噛まれ、犬がわめく。「おれさまがユダヤ人を判定する。全員ユダヤ人、全員ユダヤ人」

そこへシーザーが来て、全員静かになる、右も左もわきまえた超人気者シーザーは、若い愛人とともに登場する、愛人はシーザーの後ろに控えて、じっと我慢してなければならない、そしてシーザーの歯がガタガタ言いはじめたら、ケツに蹴り入れて、ちゃんと歯を元の位置に戻して演説を続けられるようにする役目だ。

シーザーは言う。「何もかも馬鹿げておるぞ、プラスチックの蛇どもは座って、ポキポキすべし。エキストラどもは少ないセリフのどこを強調するかしかと覚えて、蛇どもを納得させてみよ、そしてハムレットよ、オーガズムをやめい、おまえはまともに政治的ですらない、ハムレット、ただちに第三世界便所へ行き、ヒューマニズムとは何であるか、人々に教えよ」

アルトーはハムレット母を絞め殺そうとするが、できたのはただ、花の鉢を落として割ることだけ。ハムレットの母親は泣く。ハムレットは母親を抱きしめて歌う。「ママ、ママの坊やのために泣かないで、ママ、運命がまたぼくたちを一つにしてくれるから」

クレオパトラはアタと一緒に便所掃除し、ハムレットのために歌う。

「あなたがデュッセルドルフにとどまってたらよかったのに！

ハンサムなプレイボーイさん、あなたは決してカウボーイにはならないでしょう！　あなたがデュッセルドルフにとどまってたら！　その方がよかったのに、あなたにも私にも、そしてライン川べりのデュッセルドルフにも！」

ハムレットはリュックサックを準備する、蛇たちがエキストラの少年を噛み殺す、ヴォイツェックの母親が歌う死者となって登場し、おとぎ話を聞かせる。

「昔々あるところに　まずしい子どもがおりました　その子には父親いませんでした
皆死んで、もうだれもこの世にいませんでした
子どもは歩いて、昼も夜も探しました
地上にはもうだれもいなかったので
空へ行くことにしました、月が子どもをとてもやさしく見つめています
子どもがようやく月へたどり着いてみると
それはただの腐った木ぎれでしたので、今度は太陽へ行くことにしました
子どもが太陽へたどり着くと……」

シーザーは、歌うヴォイツェックの母を男子便所からつまみ出させ、その後ろからわめく。「わしがここで聞きたいのは政治的なおとぎ話だ、おとぎ話を政治的に聞きたいのではないわ……」

ボクシンググローブをはめたプラスチックの蛇たちが、ヴォイツェックの母親を追いかけようとする、この歌う死んだ女をもう一度殺そうというのだ。シーザーが蛇たちを呼び戻す。「まずはサッカーを最後まで観るがよい」シーザーはメッサリーナに助けを求める。「何とかせい、何とかせい」メッサリーナはテレビの中に座り、わざとらしい英語とフランス語のなまりでサッカーの試合中継をする、シャルケをとくに強調して。プラスチック

の蛇たちは皆オーガズムに達し、メッサリーナはやさしく歌う。
「何してるの
ひざで、かわいいハンス
ひざで、かわいいハンス
ダンスの最中に」
精子が来て、言う。「人間の心臓は真っ黒で、糞だらけだ」
シーザーが笑いながら、皆にむかって言う。
「わしをうまく見つけよ――さもなくばわしがおまえどもを殺すぞ！」
そして幕。

ほら言ったでしょ、わたしは死者たちと同じで、戯言だらけ。そしてわたしは近くの劇場へ歩いてった、戯言を手に、シーツを頭の中に、あら失礼、逆さまだった。「わたしはこんなにべっぴんさん、この劇場で女優にだってなれるはず」と、わたしは言った。「ここに電動床ブラシがあります、舞台はまめにブラシをかけること、そう言われた、ううん、違う、ここに電動床ブラシがある、と言ったんだ、舞台はまめにブタイをかけること、豆はまめにブラシをかけること、違う違う、舞台は毎日ブラシをかけること」

おしまい。

＊　トリコモナス原虫のこと。性感染症を引き起こす。

ゲオルク・ビューヒナー賞受賞記念講演

敬愛する紳士淑女の皆さま！

私はイスタンブールで、ゲオルク・ビューヒナーを知らないまま、育ちました。祖母は毎晩言いました。「さあさ、お船を見に行こう、行こう。今日はお船がいくつ着くだろう、いくつお船が出てくだろう」私たちは急坂を下りて港へ行きました。港には船を待つ人々が立っていました。船が着くと、人々の影が白い船体に落ちました。船が叫び声を上げて、影が歩き、人々が歩き、船はその影も人もみんな飲みこんで、出ていきました。それから船の後を追いかけて飛ぶカモメたちの影が海に落ち、そのまま海を越えて飛んで行きました。港からの帰り道、祖母は私をおんぶしてくれました。私はこっそり祖母の頭の匂いを嗅ぎました、その髪は海の湿気の匂いがしました。イスタンブールでは、海はアジアとヨーロッパの間に住んでいるだけでなく、人間の身体や頭にも、イスタンブールのベッドにも住んでいました。どのベッドにも、海の湿った匂いがこもっていました。年寄りたちは言っていました、海は自分たちの脚の中にまで住んでいると。

私の両親は月曜日ごとに、タヤレ・シネマスという名の映画館に行きました。ドイツ語で飛行機映画館という意味です。この映画館はヨーロッパの映画だけ上映していました。母は私に、飛行機映画館のオーナーの話をしてくれました。オーナーは自分も映画スターのようないでたちで、映画館の入口でお客さんを出迎えました。彼は自分が上映するヨーロッパの映画の中で、お客さんが泣くこともあるのを知っていました。そういう悲しい映画のために、上等な生地でハンカチを作らせ、それを手ずから映画館の前で配るのでした。母はそうして映画館で涙を拭いたハンカチを、私に一枚くれました。母の涙のしみたそのハンカチを、私は教科書の地図帳の、ちょうどヨーロッパが描いてあるページの間にはさみました。

私の祖母は迷信深い人でした。スクリーンに映る影に、両親の顔がとられてしまうのを恐れていました。翌朝、私は両親に、映画館で何を観てきたのか、映画の名前は何というのか尋ねました。父は答えました。「何て映画だったかは忘れたが、ごらん、ジャン・ギャバンって俳優は、こんなふうにタバコを吸うんだ」そうして父は、ジャン・ギャバンがタバコを吸う様子を真似してみせました。タバコを口の端にくわえ、そのうち灰が下に落ちるのです。父は何週間か、そうやってジャン・ギャバンのようにタバコを吸っていましたが、ある月曜日、飛行機映画館でロッサノ・ブラッツィの出る別の映画を見て、火曜日にブラッツィにくら替えしました。そんなわけで、私たちのイスタンブールの木の家に最初にヨーロッパから来たお客さんは、ジャン・ギャバンとロッサノ・ブラッツィでした。

子どもの頃の私は、このヨーロッパのお客さんの名前をうまく発音できなくて、ジャンの代わりにトルコ語のヂャンを見つけました、これはトルコ語で「魂」という意味です、つまり「魂ギャバン」、それからブラッツィにはトルコ語のビラズ・イイ、これはドイツ語で「ちょっとまし」という意味です。私は自分で映画館へ行って「魂ギャバン」と「ロッサノちょっとまし」をスクリーンで見る前に、父の顔と体の中で彼らと知り合いになっていたのです。私の母も顔と体で、お客さんを二人、家に連れてきました。シルヴァーナ・マンガーノとアンナ・マニャーニです。この名前にもトルコ語で似たような言葉がありました。シルバナ、これは私を拭いてという意味です、マンガーノと、アナ、つまりお母さんという意味です、マニャーニ。国と国の間で最初に交わされた顔は、映画の顔でした。マニャーニ、ギャバン、マンガーノ、ブラッツィが私たちの生活に加わりましたが、ビューヒナーはまだいませんでした。

私の家族の中では、亡くなった人たちがヒエラルキーの頂点にいました。母や祖母は水を飲むたびに言いました。「この水が、私たちの死者たちの口に入りますように」父は毎晩、ラキ酒のグラスを掲げ、この世の苦しみゆえにラキ酒の飲みすぎで死んだ男たちのために乾杯しました。

イスタンブールのわが家、いくらかかしいだ木の家では、クモがいたるところにベッドを作っていました、私たちはクモを殺しませんでした。父はよくクモを手にのせて、腕の上を歩かせながら、これはおまえたちの死んだ兄さんだよ、と言いました。このクモの姿で、私はいちばん上の兄が二歳で亡くなったのを知りました。私にはもう一人兄がいました、その兄は私よりほんの少し年上なだけでした。この家にクモとなって住んでいる上の兄がもし生きていたら、私より五歳か六歳上のはずです。私が十二歳なら、兄は十八歳で、私の行く道を照らしてくれたことでしょう。言ってくれたことでしょう、この本を読んでごらん、おまえならもう理解できる。知ってるかい、動物は泣けるんだよ。知ってるかい、地球は太陽のまわりを回ってるとガリレオが言ったせいで、異端審問所はガリレオを殺そうとしたんだよ。

死んだ兄だというこのクモをじっと見ていた頃、私はいつかゲオルク・ビューヒナーが、私の憧れてやまない兄になるのだとは、知る由もありませんでした。

でも、物語はまだそこまで来ていません。

おばあちゃん、死はどこにあるの？

死は、目とまゆ毛の間にあるんだよ。

それって遠いの？

祖母は私が子どもの頃、たびたび私をつれて、墓地へ散歩に行きました、祖母は子どもを七人なくしていて、私の父だけが生きのびたのです。祖母はすべての墓石の前で足を止め、見ず知らずの死者たちのために祈りました、祖母は読み書きができませんでした、私は祖母のために死者たちの名前を読みあげました。祖母は言いました、死んだ人たちのことを忘れてはいけないよ、でないとその人たちの魂が痛むから。夜、私はお祈りをして、死者たちの名前を数えあげ、彼らの魂にそのお祈りを捧げました。私は毎日、新聞を見て、死んだ人たち、貧しい人たち、気のふれた人たち、孤独な人たちの名前を集めました。私の死者たちの名簿はどんどん長くなっていきました。はじめはトルコ人の死者だけでしたが、そのうちそれ以外の人も加わりました。兄と私は、祖母とそのお友だちのために小説を読んであげました、たとえばボヴァリー夫人、おばあさんたちはボヴァリー夫人の死を悲しんで泣きました、そうしてボヴァリー夫人が私の死者の名簿に入りました、その後まもなくロビンソン・クルーソーも入りました。私がロビンソン・クルーソーを読んであげていると、きまって祖母はたずねました。「あの子の親はどうやって耐えられたんだろう？　それから奥さんは？　子どもたちは何を食べて暮らしたんだろう？」祖母はいつもロビンソン・クルーソーの家族のことを考えずにいられませんでした。祖母が心配するので、子どもたちが何を食べたか、その答えに私は嘘を読みあげました。ご飯に子羊肉、トウモロコシ、栗。

もし私があの頃ゲオルク・ビューヒナーのことを知っていたら、そして彼が若くして死んだと知っていたら、私は彼のことも祖母に話したでしょう。

おばあちゃん、昔々、男の子がおりました。たいそう賢い子でした。人間の魂の中まで見抜く才能を持っていました。動物と話す才能を持っていました。とても賢かったので、その賢さは彼の頭の中に収まりきりませんでした、それで彼の頭はこの特別な脳に場所をあけてやるために、だんだん大きくなりました。彼は月明かりの中、たいそう美しい波打つ髪をうしろへくしけずりながら、人生について考えました。この国にはひどく貧しい人たちが暮らしていました。なぜなら悪い巨人どもに何もかも奪われてしまったからです。賢い男の子は、この貧しい人々を悪い巨人から救おうとしました。それを聞いた巨人たちは男の子をさらって、その賢い頭を開けて、賢さを取り出そうとしました。賢い男の子はお母さんのところへ走っていって、言いました。「お母さん、時が来たんだ、ぼくを行かせて」

母親は彼を愛していました。鏡と櫛を彼にわたして、言いました。「巨人どもが近づいてきたら、この鏡をうしろへ投げなさい、そうしたら巨人どもとおまえの間に大きな湖ができるでしょう。巨人どもは向こう岸にとどまる。巨人どもがそれでも湖をわたってきたら、この櫛をうしろに投げなさい、そうしたらおまえのうしろに木々がうっそうと茂る森ができて、巨人はおまえを見つけられなくなるでしょう」
賢い男の子はすべて母親に言われた通りにして、悪い巨人から身を守り、山や川のある、たいそう美しい異国にたどり着きました。この異国の地でも、彼は人間や動物を愛し、その面倒を見ました、たくさんの考えや空想、賢い思いつきや人と動物への好奇心のために、彼の頭はますます大きくなりました。ある日、賢い男の子はとつぜん高熱を出して、死んでしまいました。おばあちゃん、その子の名前はゲオルクというの。あの頃、祖母にそう話していたら、祖母は立ちあがり、両腕を高くかかげて、こう叫んだかもしれません。アボー、アボー、ああ辛い、ああ辛い、若い子らが死んでしまったなんて、悪いやつらに追われて、母もなく、父もなく、異国の地で。粉々に打ち砕かれたあの子の若い体を見守ってやるのが、暗い影だけだなんて。

祖母はカッパドキアの出身でした、そこには二十世紀はじめ、まだたくさんのトルコ系アルメニア人が暮らしていました。イスタンブールでの私の子ども時代、祖母はとつぜん立ちあがって両腕をあげ、指を宙へのばして、叫びはじめました。「アボー、アボー、アルメニアの若い女たちが、橋から身を投げたさまといったら。めくらになろうとする若い目で、女たちはこの世の地獄と炎を見た、服の上から前掛けをつけたまま、裸足で、死の行進のために手も足も大きくなって。足もとには骨になったその子どもたち。女たちが歩きに歩いてくぐってきた炎は、地獄の業火の七倍も熱かった。だけど、女たちはどこへ行ったんだろう、服の上に前掛けをつけたままで？　どこへ行けばよかったんだろう？　どんな希望にむかって？　馬にまたがった悪者らに追い立てられて」

ゲオルク・ビューヒナーの名前を私が最初に聞いたのは、ベルリンで、一九六六年のことでした。ベルリンには当時、まだたくさんのすき間がありました。ここに家が建っている、そのとなりは穴が開いていて、そこには夜だけが住んでいるという具合でした。家々に残る銃痕を、手で触ることができました。冷たい夜には、ばらばらになった孤独な新聞紙を、風がその穴まで運びました。するとこの廃墟で、白い新聞紙がふいに宙に舞いあがり、互いにぶつかりあって、カサカサと音を立てました。まるでこの街の幽霊のように。そんな冷たいある夜、私はドイツ人の友人、ボドーと一緒におじいさんをたずねました。ボドーは言いました。「ぼくのおじいさんは昔、社会民主党員でね、半分目が見えないんだ」おじいさんは部屋を一つ持っていて、薄暗がりの中、ベッドに腰かけていました。ボドーは言いました、「おじいちゃん、こちらはトルコの君主《サルタン》のお妃様だよ」おじいさんは口ひげをひねりながら言いました。「わしは貧しい靴職人、わしのランプはこんなに暗い」ボドーは笑って言った。「いまのはおじいちゃんのじゃなくて、ある偉大なドイツの詩人の言葉なんだ、ゲオルク・ビューヒナーっていってね、六歳の時に詠んだ詩だそうだよ」そのうちにおじいさんが私に訊いた。「あんたは本当にトルコの君主《サルタン》のお妃様かい」「いいえ、私は平等主義者です」ボドーのおじいさんは言った。「わしは当時、バター付きパンを労働者新聞にくるんでいって、休憩時間にパンの下の新聞をこっそり読んだものさ。当時はみんながヒトラー式敬礼をしなきゃならなかった、わしは右手でそれをしながら、左手はズボンのポケットに入れたまま、拳を固めていたんだ」

私は一九六八年、ドイツ語をたずさえてベルリンからイスタンブールへ帰り、演劇学校に通いました。教師たちはたいへんすぐれた芸術家で、偉大な理想主義者でした。そのうちのある先生は、週末ごとに私たちに質問を持ち帰らせ、私たちはその質問に答えなければなりませんでした、たとえば、私は今週、自分の意識をひろげるために何をしたか。知性の限界をひろげるために、私はどんな本を読んだか。

その先生が授業中、私たちにとつぜん尋ねました。「きみらのうち、サルトルを知っている者は？　いないのか？　恥を知れ！　きみらのうち、ビューヒナーを知る者は？　いないのか？　恥を知れ！　ゲオルク・ビューヒナーはきみらの年頃で天才的な戯曲を書いたのだ、彼は偉大な学者にして革命家で、われらがナーズム・ヒクメットのように、亡命せねばならなかった。彼らはおのれの限界を超えていった偉大な人物だ。きみらもおのれの限界を超えねばならん」先生はゲオルク・ビューヒナーの作品を読むよう勧めました。私は『ヴォイツェック』を読みました。その本の中に、ビューヒナーの肖像画がありました。アウグスト・ホフマンによるスケッチの彼は、ちょうど仕事を中断して何かほかの考えごとをしている仕立屋の親方みたいに見えました。針を片手に持ったまま。

私はゲオルク・ビューヒナーに恥ずかしかった、なぜなら彼は二十歳にして革命家であり学者で、これほど天才的な作品を書き、二十三歳の若さで亡命先で亡くなったというのに、私たちは彼の年頃でこれほど多くの時間を失い、本を読まなすぎ、世界について考えなさすぎたからです。私はもう眠りたくありませんでした、なぜなら眠っている間に時間がなくなるからです。毎夜、私は明け方四時か五時まで本を読み、戯曲の小さな場面を書こうと試みました。演劇学校へ行く前に二、三時間眠るために横になって、ビューヒナーの肖像をじっと見つめると、彼は私の目をのぞきこみました、それから私は明かりを消しました。自分の意識をひろげたい、読みたい、学びたいという私の大きな憧れは、ビューヒナーと関係していたのです。私は子ども時代の家にクモとなって住んでいた死んだ兄を、この時見つけたのです。ゲオルク・ビューヒナーは、私の道を照らしてくれる私の兄でした。六〇年代、ビューヒナーがふたたび人々の意識にのぼり、イスタンブールの急な坂道にはたくさんの書籍売りが立ちました。彼らは本を地面にならべ、風がそのページをめくりました、フランス革命の本、抵抗運動の闘士の本、ナーズム・ヒクメットの本、スペイン市民戦争の本。すべての殺された人たち、絞首刑にされ、斬首され、拷問された人たち、ベッドで死ななかった人たちが、この頃復活しました。貧困が路上にあふれ出しました。そしてそれを何とかしようとして殺された人々が、いま本となって、路上に横たわっているのでした。ただ、かがんで、その本を買うだけでよかった、それだけでたくさんの死者たちが部屋の中に入ってきて、枕のとなりの棚に集まり、家に泊まりました。これらの本とともに目を閉じ、目を開ける人たちは、朝にはロルカやサッコ、ヴァンゼッティ、ダントン、ヴォイツェック、ナーズム・ヒクメット、ローザ・ルクセンブルクとなって、ふたたび通りに出ていくのでした。ゲオルク・ビューヒナーがもっと早い時期にではなく、ようやくこの時になって、全世界が団結して、世界中のすべての街で人々がベトナム戦争に反対し、人種差別に反対し、人権尊重に賛成して集まり、ともに抵抗したこの時になって私の人生を訪れたのは、偶然ではありませんでした。ビューヒナーがイスタンブールに登場したのは、この偉大な時代のさなかでした、彼は時代の運動を必要としたのです。ビューヒナーの知性が大きな位置を占めた時代、彼の言葉に対する意識、彼の精確な目が痛いほど必要とされた時代でした。

だれもが天国の中に、自分だけの天国をもっています、そこには星たちだけでなく、私たちの心を大きく動かした人たちもいて、彼らがつねに輝いています、その一人が私の兄、ゲオルク・ビューヒナーなのです。

ダルムシュタット言語文学アカデミーに対し、このたびのゲオルク・ビューヒナー賞授与に感謝申し上げます。

訳者あとがき

本短篇集『母の舌』（*MUTTERZUNGE* 一九九〇年）は、トルコ出身のドイツ語作家、女優、舞台監督であるエミネ・セヴギ・エヅダマによるデビュー作である。

エヅダマは一九四六年、トルコのマラチャに生まれ、イスタンブールとブルサで育った。十二歳でブルサの市民劇場で舞台に立つ。十八歳の時、ドイツ語の知識をまったく持たないまま、一九六〇年代半ばのドイツへ行き、外国人労働者《ガストアルバイター》として西ベルリンの工場で二年間働いた。戦後ドイツが労働力不足を補うため、トルコや南欧・東欧の国々と結んだ労働力協定がその背景にあった。エヅダマは子どものように無垢なまなざしで異質な世界に触れ、新しい言葉を習得していく。その後トルコに戻り、イスタンブールの演劇学校で学んだのち女優になるが、一九七〇年代に入って軍のクーデターが起き、あらゆる政治活動や自由な言論が弾圧されると、友人の助けを得てドイツへ逃れ、東西ドイツやフランスで女優、舞台監督助手などとして働くかたわら、ドイツ語で作品を書きはじめる。

本作『母の舌』（九〇年）を皮切りに、長篇小説『人生はキャラバン宿、二つの扉がある、わたしは一つの扉から入り、もう一つから出た』（九二年）、長篇小説『金角湾にかかる橋』（九八年）、短篇集『鏡の中の庭』（二〇〇一年）、長篇小説『奇妙な星が大地を見つめる』（〇三年）など、自伝的色彩の濃い作品を発表。これにより非ヨーロッパ圏出身の作家として初めてインゲボルク・バッハマン賞（九一年）を受賞したほか、シャミッソー賞（九九年）、クライスト賞（〇四年）、フォンターネ賞（〇九年）、カール・ツックマイヤー・メダル（一〇年）など、ドイツの名だたる文学賞をつぎつぎに獲得、ドイツにおける移民文学——ドイツ語を母語としない作家による文学——のパイオニアの一人と見なされる。そして二〇二一年、十八年ぶりに七〇〇ページを超える大作『影に囲まれた部屋』を発表するや、「ドイツ語とドイツ文学に新しい地平とテーマと高度に詩的なサウンドをもたらした、卓越した作家」（審査委員評）として、ドイツ最高の文学賞であるゲオルク・ビューヒナー賞（二二年）を授与され、ふたたび大きな脚光を浴びることとなった。エヅダマの作品はこれまでに二十カ国語に翻訳され、英語圏をはじめ国際的にも高い評価を受けている。邦訳は本書が初となる。

彼女がそもそもなぜドイツ語で書くのか、エヅダマと言葉の関係を考える上でヒントになりそうな箇所を、エヅダマ自身の言葉の中から挙げてみよう。

「当時のトルコでは、言葉はすなわち死を意味していました。言葉ゆえに射殺されたり拷問されたり絞首刑にされたりしました（…）私はトルコ語で不幸になりました」

「舌には骨がない、といいます。私は自分の舌をドイツ語のほうへねじりました、その途端に私は幸せになりました」

「私のドイツ語は子ども時代を持ちませんが、それでも私のドイツ語の経験はきわめて身体的なものです。私にとって、ドイツ語の単語たちは身体をもっています。私はすばらしいドイツ演劇でその単語たちに出会いました。演劇は頭と頭ではなく、身体と身体の対話です、そして単語たちも身体になります。ドイツ語の単語を私は自ら舞台で演じたり、または他の俳優によって演じられるのを聞いたりしました」

「私の友人が以前私に言いました、「もしかするときみがドイツ語で書くのは、きみがドイツ語で幸せになったからかもしれないね」」

（短篇集『鏡の中の庭』所収、シャミッソー賞受賞時の謝辞から引用）


エヅダマの原点として、本作『母の舌』はあらためて注目されている。手に取りやすい短篇集でありながら、その後の彼女の作品で展開されていく主要なテーマ（移民問題、言葉とアイデンティティ、インターカルチュラリティ、政治と歴史、女性と身体、演劇など）がすでに凝縮されている。作家の単なる個人的体験にとどまらず、個の視点を通して、ドイツとトルコの歴史的・社会的背景を追体験できる点も大きな魅力となっている。ビューヒナー賞受賞のタイミングで版元をロートブーフ社からズーアカンプ社に移して二〇二二年に再版された。

「この本は繊細であると同時に汚穢に満ち、粗野で感受性が強く、敬虔で卑俗だ。反逆とむせび泣き、道化芝居と予期せぬ悲劇の交代浴で読者をずぶ濡れにする。その言葉はきらめくガラスの破片の堆積だ」

（フランクフルター・アルゲマイネ紙の『母の舌』書評、二〇二二年十二月十五日）

ちなみにこの日本語版のカバーは、ドイツ語原書の初版の装画を、色を変えて使用している。アラビア書道で書かれた鳥の形の作品だが、もとはエヅダマ自身がかつて蚤の市で見つけたもので、エヅダマ氏は日本での『母の舌』の出版と、この装画の採用を喜んでくださっているという。コウノトリの形になるよう書かれているのは、バスマラと呼ばれるアラビア語の定型句「慈悲あまねく慈愛ぶかきアッラーのみ名において」で、コーランの各章の冒頭に置かれている言葉である。オスマン朝イスタンブールの書家ムスタファ・ラーキムにより十八世紀に書かれた作品、もしくはその模写と思われる。（参考：ガブリエル・マンデル・ハーン『図説アラビア文字事典』〔創元社〕）

＊

本短篇集『母の舌』には、表題作「母の舌」を含む以下の四作品に加えて、この日本語版では特別に、ビューヒナー賞受賞時にエヅダマが行った講演全文が収められている。

1．「母の舌」（*MUTTERZUNGE*）

トルコ人女性である「わたし」は、祖国の政治的混乱から逃れ、ドイツのベルリンで暮らしている。祖国での母との対話や、友人が殺された記憶を回想しつつ、「わたし」はいつ母語を失くしてしまったのか、と繰り返し自問する。そして母語を取り戻すために、祖父の言葉であるアラビア文字を学ぼうと決心する。トルコでは一九二八年以降、ケマル・アタテュルクの政策によりラテン文字が導入され、アラビア文字は禁止されていた。ドイツ語という外国語を獲得するとともに母語を失うという経験が、この作品内では身体的な痛みとして表現されている。「母の舌」、すなわち母語の喪失は、アイデンティティ喪失の問題と密接に結びついている。

2.「祖父の舌」(*GROSSVATERZUNGE*)

ドイツのベルリンで暮らすトルコ人女性の「わたし」は、失われた母語の手がかりを求めて、祖父の言葉であるアラビア文字を学びに行く。そして師であるアラビア人男性と恋に落ち、その燃えるような恋愛を通して、母語であるトルコ語とアラビア語との近縁性を見いだしていく。しかしながらひたすら奔放に、魂と身体の結びついた愛に生きようとする彼女と、アッラーの教えにしたがって精神的な愛を求める彼とは少しずつすれ違い、最終的に二人の道は分かれていく。

3.「アラマニアのカラギョズ、ドイツの黒い目」(*KARAGÖZ IN ALAMANIA Schwarzauge in Deutschland*)

戯曲。主人公のトルコ人の男、黒目《カラギョズ》は、身重の妻を村に残し、賢いロバを連れて、アラマニアすなわちドイツへ出稼ぎに行く。何年もの苦労の末にようやく金持ちになるが、金銭的な豊かさと引き換えに失ったものは多く、妻子とも心が離ればなれになってしまう。

エヅダマは一九七九年から八四年まで、ドイツ・ボーフムの劇場で女優、監督助手として働いた。この時期に監督から委託を受けて初めて書いた戯曲が、この『アラマニアのカラギョズ、ドイツの黒い目』（八二年）であり、八六年にフランクフルトの劇場でエヅダマ自ら舞台監督をつとめて初演された。トルコ系ドイツ語作家の作品がドイツの大きな劇場で上演されたのは、これが最初だった。彼女自身が語るところによると、あるトルコ人労働者の手紙を見つけたことが、この戯曲を書くきっかけになったという。その男性は外国人労働者《ガストアルバイター》としてドイツで働き、その後トルコに帰国した。エヅダマはこの男性をモデルとして戯曲を書き、初演の舞台に本人を招待したいと考えた。彼が手紙に書いていたように、「人生は小説《ロマーン》」であることを示したかったのだという。男性に会うため列車に乗り、トルコへ向かう。残念なことにモデルの男性はすでに亡くなっていたため、招待は叶わなかったというが、エヅダマはその車中でトルコ、ギリシャ、ユーゴスラビアからドイツへ来ている労働者たちと、ブロークンなドイツ語で会話したり歌ったりしながら、何日間も旅を共にした、その出会いもまた作品の中に流れ込んでいる。「わたしたちは八人で一つの車室に乗っていて、共通言語はドイツ語だった。ほとんどオラトリオのようだった、わたしたちが話すドイツ語の間違いは、わたしたちそのものだった、わたしたちは間違いしか持っていなかった」（短篇集『鏡の中の庭』〔〇一年〕）。

ちなみにカラギョズとは、トルコの伝統的な影絵芝居を指すと同時に、その主人公の名でもあり、「黒い目」を意味する。カラギョズはユネスコ無形文化遺産に登録されており、エヅダマが少女時代を過ごしたオスマン帝国初代の都ブルサが発祥の地とされる。

4.「ある清掃婦の履歴、ドイツの思い出」（*KARRIERE EINER PUTZFRAU Erinnerungen an Deutschland*）

戯曲。主人公のトルコ人女性「わたし」はかつて祖国で女優だったが、いまはドイツ・ベルリンで清掃婦として働いている。彼女の空想の中で、さまざまな死者（古今の演劇作品の登場人物、文学者、政治家）たちが登場し、ナンセンスな芝居を繰り広げる。エヅダマはのちに、この戯曲がベルリンの出版社ロートブーフ社の編集者の目にとまり、本短篇集『母の舌』を出版する運びになったと回想している。（『作家自身がデビュー作を語る』ズーアカンプ社、二〇〇七年）

5.「ゲオルク・ビューヒナー賞受賞記念講演」

二〇二二年十一月五日にダルムシュタットで行われたビューヒナー賞授賞式での、エヅダマの講演全文を収録している。エヅダマはトルコでのみずからの生い立ちと、ヨーロッパ文化との出会い、そして精神的な「兄」ビューヒナーとの関わりについて、ユーモアを交えながら詩情豊かに語っている。

ビューヒナー賞は、十九世紀ドイツの作家・劇作家ゲオルク・ビューヒナー（一八一三―三七）にちなんだ、ドイツ語圏最高峰の文学賞。ダルムシュタットに拠点を置くドイツ語学文学アカデミーにより、ドイツ語で執筆活動を行い、その優れた業績によって現代のドイツ文化の形成に大きく貢献している卓越した作家に授与される。ドイツ語圏以外の出身の作家が同賞を受賞するのは、一九七二年のエリアス・カネッティ（ブルガリア出身のユダヤ系ドイツ語作家、ノーベル文学賞受賞者）以来二人目となる。

＊

前述のビューヒナー賞授賞時の審査委員評でも触れられているような、エヅダマ・サウンドあるいはエヅダマ節ともいうべきその語りの独自のサウンドを生み出しているのは、その豊かな内容だけではない。トルコ語の単語の挿入（バクシーシ、ギョルメク、ウシュチュなど）や、トルコ語の表現の直訳（「母の舌」、「舌には骨がない」「お金は牙を持っている」、「顔でサルが笑う」など）から来るエキゾチシズムに加えて、おそらく意識的・無意識的になされるドイツ語の誤り（前置詞、語順、名詞の性・数・格のずれ、冠詞の欠落など）も大きく寄与している。こうした舌足らずでブロークンなドイツ語が、作品の魅力を少しも損なわないどころか、むしろ大きなチャームポイントとなっている。時折片足を引きずりながら、それによって少しも減速も立ち止まりもせず、おおらかに笑いながら、キャタピラのように猛進して読者を圧倒し、美しくてロマンチックで粗野で下品で大胆なエヅダマの渦に巻き込んでいくようなイメージだ。

エヅダマはあるインタビューの中で、「(ドイツ語の) 間違いは私のアイデンティティです。ここで暮らす五百万人が、この間違いとともに話しています。それは新しい言葉です」と語っている。また二〇〇九年に来日した際のシンポジウムでも、作品を出版する際にドイツ語の間違いを残すのがみずからのアイデンティティの一つである、と述べている。

したがって、その作品を日本語に訳すにあたって、その誤りをないものにしたくはなかった。とはいえドイツ語と日本語の文構造の違いから、原文の誤りをそのまま日本語に移し替えることは到底できない。エヅダマの独特の「サウンド」を訳文でも何とか伝えようと、試行錯誤を繰り返した。移民文学をどう訳すかは、訳者にとって今後も大きな課題である。

この作品を知った頃の訳者は、移民文学について何の知識も持たなかったが、すすめられて一読したとたん、何かとてつもないパワーを感じて、エヅダマ・ワールドの虜になった。おおらかでユーモラス、繊細だけれど骨太。自分の中に大きな力が眠っているのを知る人のフラットさで世界に触れ、出来事を見つめ、生まれたての言葉に写し取っていく。「天国と地獄はご近所さん同士さ、二つの扉は向かい合わせにあるんだよ」（「祖父の舌」）という言葉のように、エヅダマの作品の中では美しさ、深さ、痛み、ユーモア、高尚さ、卑猥さ、ナンセンス、すべてが地続きだ。このたび翻訳出版が叶い、本当に嬉しく思う。翻訳を通して、エヅダマ作品の魅力を少しでも感じとっていただけたなら、大変幸いである。

末筆になりましたが、エヅダマという偉大でチャーミングな作家に出会わせてくださった名古屋市立大学名誉教授の土屋勝彦先生、トルコ語の発音と表現のニュアンスを丁寧に教えてくださったトルコ文化センターのユルドゥズ・カーン先生、訳文を作り上げていく過程で貴重な助言を与えてくださった編集者の杉本貴美代さん、そして素晴らしい推薦文をお寄せくださった多和田葉子さんに、心から感謝申し上げます。ありがとうございました。

二〇二四年七月二十八日

細井直子

本文中、今日の人権意識に照らして不適切と思われる表現もありますが、作品の時代背景を鑑み、原文を尊重する立場から、そのままとしました。

——編集部

訳者略歴

神奈川県横浜市出身。慶應義塾大学大学院文学研究科ドイツ文学専攻博士課程修了。ケルン大学大学院でドイツ文学・児童文学を学ぶ。

二〇二一年、ユーディット・シャランスキー『失われたいくつかの物の目録』（河出書房新社）で第七回日本翻訳大賞受賞。訳書は他に、トールモー・ハウゲン『月の石』、コルネーリア・フンケ『どろぼうの神さま』『竜の騎士』（いずれもＷＡＶＥ出版）、Ｃ・Ｇ・ユング『夢分析Ⅱ』（共訳、人文書院）、ユーディット・シャランスキー『キリンの首』（河出書房新社）など。

〈エクス・リブリス〉

母の舌

二〇二四年八月二〇日 印刷
二〇二四年九月一〇日 発行

著者 エミネ・セヴギ・エヅダマ
訳者 © 細《ほそ》井《い》直《なお》子《こ》
発行者 岩堀雅己
印刷所 株式会社三陽社
発行所 株式会社白水社
東京都千代田区神田小川町三の二四
電話 営業部〇三（三二九一）七八一一
編集部〇三（三二九一）七八二一
振替 〇〇一九〇-五-三三二二八
郵便番号 一〇一-〇〇五二
www.hakusuisha.co.jp
乱丁・落丁本は、送料小社負担にてお取り替えいたします。

誠製本株式会社

ISBN978-4-560-09093-0

Printed in Japan